KB080130

아직
슬퍼하긴
일러요

아직
슬퍼하긴
일러요

수달 지음

나와 당신에게 필요한 _____ 공평한 위로

느린
서재

차례

3부 한결같지 않기로

프롤로그

당연한 것들에 의심을

삼십 대 초반, 암을 발견했습니다. 당시 아이는 여섯 살이었고 남편은 해외 근무 중이었습니다. 그로부터 딱 10년이 흘렀네요. 암 환자가 먼저 암을 경험한 이에게 가장 궁금한 것은 무엇일까요? 그건 암이 완치가 되었는지, 전이나 재발은 없는지에 관한 것이었어요.

그런데 조금은 다른 이야기를 하고 싶어요.

10년의 시간을 펼쳐놓고 보니 암 투병에 대한 감정과 생각이 많이 변했다는 걸 알게 되었습니다. 투병 초기, 치료하면서 일어난 일을 블로그에 올렸던 적이 있었어요. 암 환자라고 매일 울기만 했겠습니까. 울다 웃었던 그 찰나에 대한 기록이 더 많았지요. 어느 날, 모 방송 작가에게 쪽지가 와 있었습니다. 어쩐지 인터뷰를 하고 싶지 않더라고요. 정중하게 거절 답변을 드리고 블로그에 더 이상 글을 올리지 않았습니다.

'아이를 키우면서도 밝게 투병하는 모습이 인상적이었습니다'로 시작한 쪽지를 보고 저에게서 듣고 싶어 할 이야기를 어렴풋이 짐작했던 것 같아요. 물론, 제 예상이 틀렸을 수도 있겠죠. 어쨌거나 그때의 선택에 후회는 없습니다. 제가 하고 싶은 이야기가 무언인지 이제야 명확히 알았거든요. 그러니까 저는 암 환자에 대한 고정된 이미지, 성별 혹은 개인이 놓인 상황에 따라 천차만별 달라지는 투병과정 등을 들여다보고 싶었습니다.

암 환자가 되면 급속히 외로워집니다. 가족이나 친구의 위로는 이상하게 따끔하게 와 닿을 때도 많았어요. '괜찮아' 이 말이 저에게 전달될 때는 나의 경험이 지나치게 무거워지거나 혹은 한없이 가벼워지는 것처럼 느껴졌습니다.

투병을 한 분들의 책을 읽으며 유일하게 공감을 얻을 수 있었어요. 응원과 위로도 받았습니다. 그런데 말예요. 응원과 위로, 어느 순간 그것으론 충분하단 느낌이 들지 않았어요. 암 환자에 대해 이야기할 때 응원과 위로만 필요할까요? 그리고 어째서 평범한 사람의 투병 이야기는 잘 보이지 않는 걸까요?

안희제 작가의 《난치의 상상력》에 이런 구절이 있습니다.

"수많은 이들이 아마 낫지 않은 채로 살다가 죽을 것이다. 그래서 우리는 아프고 약한 사람들이 강해지는 것이 아니라, 아프고 약한 채로 살다가 편하게 죽어갈 수 있는 세상을 만들어야 한다."

문득 깨달았습니다. 암 환자의 완치 여부도 매우 중요한 일이지만, 우리가 그것을 위해서만 사는 건 아니었다는 것을요. 신데렐라와 왕자가 결혼하고 행복하게 살았다고 해서 삶이 끝난 게 아니란 걸 이제 아니까요. 암을 경험한 이후의 삶도 마찬가지란 생각이 들었습니다. 어릴 때 읽었던 신데렐라 원작보다 리베카 솔닛의 '해방자 신데렐라'에서 해방감을 느낍니다. 시대가 변했고 우리가 바라는 것도 변했다는 거겠죠. 암 환자에게 규정된 시선, 생각도 마찬가지라는 생각이 들었습니다.

면밀히 들여다보니 암이 모두에게 똑같이 다가오는 건 아니더군요. 누군가에게는 삶을 바꾸는 기회가 되기도 하지만 한편에서는 나락 자체가 되기도 하지요. 저는 제가 긍정적인 성격이라 잘 극복했다고 생각했지만 매우 큰 착각이었어요! 저는 긍정적이기도 하지만 우울할 땐 두더지랑 절친이 될 수도 있을 만큼 땅 속까지 곧잘 파내려가기도 해요. 제가 암을 극복하기에 유리한, 그럭저럭 괜찮은 환경 속에서 살고 있었기 때문이라는 것을 아주 늦게야 알게 되었네요.

제가 누리고 있는 삶의 요소들은 기울어진 채로 제공되고 있었습니다. 당연하게 여겨온 것들에 의심을 하기로 했습니다. 우리는 늘 변화하고 같은 상태에 머무르지 않으니까요. 누구에게나 찾아오는 노화와 그로 인한 질병도 피할 수 없을 테고요.

제 경험을 담았기에 다분히 여성의 시각에서 바라본 글이 많습니다. 여성이 환자나 간병인의 입장에 놓일 때 남성은 겪지 않는 부분도 꺼내보았습니다. 여성에게 일어나는 불평등을 여성 환우가 고스란히 겪을 수도 있다는 건 새삼스러운 일도 아니었습니다. "뭣이 문제여?" 하고 묻는 많은 분들에게 "바로 이런 거요!" 하고 구체적으로 이야기하고 싶었습니다.

이런 여러 가지 고민을 하나하나 쓰게 되었습니다. 빵 부스러기처럼 넓게 흩뿌려진 이야기를 툭툭 털어 내보고 싶습니다. 수북하게 쌓여 다루기 더 어려워지기 전에 말이에요.

제 글 속에서 질문이 생겨나고, 누군가의 아이디어가 보태지면서 이 이야기는 비로소 완성될 것 같습니다.

1부

애쓰지
않기로

보호자랑 오세요

'모양이 예쁘지 않다'는 말이 무엇을 의미하는지 몰랐다. 그래서 유방에 생기는 질병 -암을 제외하고- 을 열심히 검색 했다. 인터넷에는 정보가 넘쳐났다. 이해되는 범위 안에서만 받아들였다. 그러니까 내 나이, 환경 등 여러 가지를 따졌을 때 암은 처음부터 고려하지 않았다. 그런 일이 나에게 일어 날 리 없지 않은가! 덩어리가 보인다고 했으니 혹이려니 했 다. 최악의 경우, 맘모톰으로 제거하는 시술이면 될 거라고 스스로 처방을 내렸다. 고로 맘모톰을 가장 잘한다는 병원 을 찾아갔다.

의사는 당최 알아들을 수 없게 속삭이듯 말했다. 옆에 서

14 있던 간호사만 용케 알아들었다. 의사가 중얼중얼하면 간호사가 전달했다. 간호사가 알려주는 대로 피도 뽑고 초음파도 하고, 기다란 바늘로 세침 검사도 했다. 둘은 다시 속삭이더니 간호사는 내게 총 검사 하실게요, 하고 총처럼 생긴 것을 의사에게 건넸다. 의사는 총을 빵 쐈다. 내가 조사한 바에 따르면 오늘 내가 받을 검사는 세침 검사까지였다. "왜요? 맘모톰은요?" 의사는 못 들은 척 간호사에게 고개만 까딱하고 나가버렸고, 간호사가 붕대를 꽁꽁, 칭칭 둘러주었다. 숨을 헉헉 쉬며 왼손으로 운전해서 집으로 돌아왔다. 오는 내내 왜 건강검진은 해서! 하고 투덜거릴 뿐이었다. 앞으로의 날들이 총 맞은 것처럼 먹먹해질 거라고 상상도 못 한 채.

"수달 씨, 여기 박 외과예요. 결과 나왔습니다. 보호자 분과 꼭 같이 오시라고 전화 드렸습니다."

"보호자라면 배우자 말씀하시는 걸까요? 남편이 해외에 있어서 저 혼자 가야 할 거 같은데요."

"다른 보호자라도요. 가족 중에 같이 오실 분 없을까요? 아무래도 대학병원에…. 저희가 소견서는 준비해둘게요."

통화가 끊긴 줄도 모르고 전화기를 그대로 귀에 대고 계속 서 있었다. 다른 세상에 들어온 건가? 모든 게 낯설었다. 눈

앞의 풍경이 슬로 모드로 바뀌는 것 같았다. 단풍잎이 눈앞으로 떨어졌다. 연이어 다른 이파리 하나가 천천히 얼굴을 스치며 떨어졌다. 이파리 하나가 불을 그어 댄 것처럼 심장이 타닥타닥 소리를 내며 타들어갔다. 불은 금방 번져 나를 집어삼켰다. 온몸이 떨렸다. 그 전율을 느낀 듯 단풍잎이 후드득 떨어졌다. 떨어지는 잎사귀들 사이로 새파란 하늘이 보였다. 하늘이 새빨간 거짓말이라고 말해주길 바랐다.

다시 속삭이는 그 의사와 마주 앉았다. 의사는 세침에 묻어나오는 게 이상해서 계획에 없던 추가 검사를 했다고 했다. 중얼거리던 의사는 어디로 갔지? 오늘은 의사의 표정도 말투도 전혀 달랐다. 의사가 바뀐 게 아니라면 나는 《1Q84》처럼 다른 세상에 들어온 게 틀림없었다. 숨 쉬는 공기마저 의심스러웠다. 알 수 없는 가스가 공간을 가득 메우고 있는 것처럼 어색하고 이상했다. 의사만이 확신에 차 있었다. 그는 내게 젊은 나이라 종합적인 검사가 필요할지도 모른다며 전원할 것을 추천했다. 그러고 보니 책상 위에는 이미 영상시디와 소견서가 올려져 있었다. 그가 서류에 사인만 하면 이 비현실적인 현실이 진짜가 될 것 같았다. 한참 머뭇거리던 나는 웰컴 티처럼 미리 준비된 자료를 보며 겨우 입을 뗐다.

"소견서 부탁드립니다."

내키지 않는 그 사실을 이제 받아들여야 했다.

수육결의

　머리를 잔뜩 굴린 끝에 아이디어를 냈다. '장고 끝에 두는 악수면 어쩌지? 에라 모르겠다. 더 좋은 수도 없는데 뭐.'

　정육점에 가서 두툼한 돼지 목살을 넉넉히 사고 옆 마트에 가서 상추와 깻잎, 귤도 잔뜩 샀다. 집에 오자마자 식탁에 장바구니를 늘어뜨려 놓고 핸드폰을 꾹꾹 눌렀다.

　[오늘 친정에서 김장 김치가 왔어요. 쫑이네서 수육 드실 언니들 오늘 저녁 건너오세용! ^^ 피처링 귤도 있어요.]

　"와! 좋아, 좋아!" 웃음 이모티콘들이 줄줄이 달렸다. 5분 컷. 수육모임이 결성됐다.

　커다란 냄비에서 돼지고기가 익어가는 냄새가 솔솔 피어났다. 주방 선반에 수증기가 서릴 때쯤 다들 모였다. 풍성한 음식 냄새만큼 왁자지껄한 소리도 가득 찼다. 커다랗게 쌈을 싸서 입을 크게 벌려 먹느라, 틈틈이 누군가의 농담에 웃느라 손과 입이 바빴다. 아이들도 참새처럼 모여 앉아 오물오물 먹었다. 아이도 친구들과 제법 친해진 것 같아 마음이 놓였다.

이 동네로 이사 온 지 얼마 지나지 않은 때였다. 유치원에 겨우 빈자리가 생겨 아이는 이제서야 막 유치원에 다니고 있었다. 아이도 나도 아직은 이 동네의 이방인이었다. 오늘 나는 이방인으로서 중대한 발표를 할 참이었다.

접시가 뚝딱 비워졌다. 맥주와 과일로 새로 상을 채웠다. 짧은 시간에 이름, 나이, 엄마가 되기 전엔 무엇을 했는지 등 개인 신상을 허물없이 나누었다. 아이라는 공통분모로 엄마들은 금세 가까워지기도 한다. 내친김에 수육이 사랑의 화살이 돼서 그들이 낯선 나를 조금 더 품어주길 바라며 간신히 입을 뗐다.

"저 사실 아, 쑥스럽네. 하하하. 하고 싶은 말이 있어서 초대했어요."

긴장감에 입이 바싹 말랐다. '그냥 친해지고 싶어서요!'라고 해버릴까. 에라, 모르겠다. 드디어 입을 뗐다.

"실은 저, 얼마 전에 암… 진단을 받았어요."

순간 모든 눈이 두 배로 커졌다.

"그런데… 여기서 혼자 치료하게 될 거 같아요. 아까도 말했지만 남편은 해외 근무 중이고, 엄마는 연세가 많으세요. 또 제가 뭐든 혼자 잘하거든요! 하하. 항암하면 머리가 빠진 대요. 그때 놀라지 마시라고 선전포고하는 겁니다. 하하."

어색한 유머에 아무도 웃지 않았고 그래서 겨우 덧붙였다.

"어쩌면 하원할 때 쫑이 부탁드릴 때도 있을 거고요…."

"자기야. 그런 건 하나도 걱정하지 마."

"그럼, 파자마파티도 언제든 환영이야. 우리 애가 아무래도 쫑이 좋아하는 거 같더라. 하하하."

아이를 앞세워 다들 얼어붙은 입을 녹여내는 것 같았다.

정확한 건 아무것도 없었다. 다만, 항암 치료를 할 확률이 높다는 말을 들었기에 대책을 세우지 않을 수 없었다. 전쟁이 일어나지 않을 거라 굳게 믿으며 군사 훈련하는 마음이랄까? 어느 날 갑자기 민머리가 된 나를 보고 놀랄 엄마들 모습이 상상이 됐다. 그때 가서 내 상황을 설명해야 한다고 생각하니 아찔했다. 무엇보다 아이를 케어하려면 비상 연락망도 준비해두어야 할 것 같았다.

"아이한텐 말하지 않으려고요. 아무리 생각해도 암을 이해시킬 자신이 없어요. 그냥 감기에 걸렸다고 할까 봐요. 머리는 뭐라고 할지, 아직 생각 중이에요."

비밀 유지가 핵심이었다. 경험에서 뼈저리게 배운 게 있었다. 소문은 '눈'과 같다는 것. '누구네 엄마 암이래' '뭐야, 그럼 죽는 거야?' 소문이 돌고 돌아 눈덩이처럼 커져 잘못된 이야기가 아이의 귀에 흘러 들어가면 절대 안 된다! 고맙게도 모두 단번에 이해해주었다. 이 이방인의 암을 알리지 마라! 그러니까 이 자리가 '수육 결의'였다는 것을 말이다.

낯가림, 거절에 대한 두려움을 참고 암을 고백하고 나니 기운이 쏙 빠졌다. 누군가의 어깨를 붙잡고 시원하게 눈물을 쏟아내고 싶었다. 하지만 "괜찮아! 낫기만 해!" 언니들의 응원은 얼마나 우렁찬지. 힘찬 기합을 내지르는 통에 찢어지게 웃을 수 있었다. 그녀들은 나의 진료일을 기억해주고 내가 병원에 가는 날엔 아이를 돌봐주었다. 이른 아침이든, 저녁을 훌쩍 넘긴 시간이든 전혀 개의치 않았다. 갑자기 잡히는 병원 일정도 그녀들 덕분에 소화할 수 있었다.

연대란 이런 것이구나, 싶었다. 태어나 처음 느껴본 감정이었다. 아이가 자라는데 한 마을이 필요하다는 것도 실감했다. 연대란 서로 따뜻한 기운을 나누고 혼자서 감당하기 버거운 짐도 가벼워지게 할 수 있구나 싶었다.

아이를 키우는 입장에서 돌봄을 부탁할 수 있는 누군가가 있는 것만큼 든든한 일이 있을까. 병원을 마음 놓고 다닐 수 있는 것만으로도 그때, 얼마나 큰 도움이 됐는지 모른다. 얼굴 두 번 튼 사이에 어깨보다 더 넓은 품을 내어준 그녀들에게 지금도 고마운 마음뿐이다.

언니들! 감사했습니다! 덕분에 이렇게 살아 있습니다!

아직도 수육을 만들 때면 그날의 따뜻함과 그녀들의 놀라던 표정이 떠오른다. 그때 참 맛있었는데!

미용실에 간 사자 루까

뾰족한 수가 떠오르지 않았다. 이제 곧 항암이 시작된다. 병원에서 머리카락이 빠질 거라고 했다. 아이에게 뭐라고 말해야 할까, 온통 그 생각뿐이었다. 이제 막 일곱 살이 된 아이에게 엄마가 암에 걸렸다는 사실을 말할 수 없었다. 아이에게 그 말을 하는 순간, 내가 아프다는 걸 무기로 쓸 것 같았다. 엄마 아프니까 엄마 말 잘 들으라고 했지! 라고. 아이에게 그보다 잔인한 말이 있을까. 그 이유가 가장 컸다. 나는 무조건 나아서 아이 앞에 원래 모습으로, 아니 더 건강한 모습으로 설 자신이 있었다. 그래야 무너지지 않을 것 같았다. 그래서 아이는 지금, 내가 지독한 감기에 걸린 줄 알고 있다. 단, 머리가 걸렸다. 그것만 해결하면 가장 큰 산을 넘는 거라고 생각했다. 꽤 희망찼다. 그것만이 가장 큰 산이라니.

그나저나 아이에게 민머리를 뭐라고 설명하지. 사실은 스님이 되고 싶었다고 할까. 미용실에서 실수를 했다고 할까. 머리에 이가 생겼다고 할까. 그 어느 것도 마음에 쏙 들지 않았다. 어설픈 연기를 하면 아이가 눈치를 챌지도 모른다. 아이들은 어른들보다 영리하니까 말이다.

"엄마, 도서관 가자. 나 저거 타고 갈래."

고민하다가 머리카락이 죄다 뽑힐 것만 같았다. 그래, 나가자. 아이는 며칠 전 새로 산 트리 바이시클을 가리키며 찬란한 미소를 지었다. 씁쓸했던 마음이 샤베트처럼 달콤해졌다. 답 없는 문제를 풀어야 할 때는 우선 나가는 게 답이다. 나는 말랑거리는 아이의 볼을 쭈욱 잡아당겨 뽀뽀를 했다. 아이의 맑고 팔딱거리는 기운 때문에 급속 충전이 되는 것 같았다.

도서관에 도착하자마자 아이는 다람쥐처럼 쪼르르 달려갔다. 도토리를 줍는 것처럼 좋아하는 책을 꺼내 양 옆구리에 착착 꼈다. 소파에 앉아 손가락과 입을 작게 오물거리며 맛있게 읽고 벌떡 일어나 다시 책장을 향해 달려갔다. 작은 궁둥이가 책장 모서리를 휙 돌며 사라지자 고민이 스멀스멀 피어올라 왔다. 뭐라고 말하지…. 어디선가 불쑥 나타난 아이가 내 손을 잡아끈다.

"엄마, 저기 재밌는 책 엄청 많다. 같이 가자."

"쫑이가 읽고 싶은 책 빼와. 엄마가 읽어줄게. 아, 빌려가자. 집에 가서 실컷 보면 되잖아."

"엄마한테 보여주고 싶은 게 있단 말이야! 바로 지~그음!"

급속 충전된 에너지는 급속히 빠져나가기도 했다. 나는 포로처럼 아이의 손에 이끌려 갔다.

아이는 동물을 본떠 자동차를 설계했다는 그림책을 보여주다가 자동차가 툭툭 튀어나오는 팝업북을 가지고 오기도 했다. 동물의 왕국에 자동차가 사이사이 등장하는 것 같았다. 아, 다 귀찮아, 라는 말이 염불처럼 입에서 나오려던 찰나.

"엄마, 이거 읽어줘!"

아이는 이제 본격적으로 읽어달라며 책 한 권을 내게 들이밀었다. 어린이 도서관이라서 소리 내어 읽을 수 있다는 게 아쉬운 순간이었다. 포기하는 마음으로 어디 볼까, 하고 책을 펼쳤다.

《미용실에 간 사자 루까》

이왕 읽는 거 또 맛있게 읽어야지. 최대한 루까의 목소리를 상상하며 읽어내려 가다가 유레카를 외쳤다. 순간, 강렬한 햇살이 창문을 통과해 들어왔고 눈이 부셨다.

"쫑아, 눈부시니까 저 방에 가서 읽을까?"

우리는 아무도 없는 도서관의 작은 방으로 들어갔다. 나는 루까에게 빙의된 것처럼 열심히 읽었다. 얼굴이 발갛게 달아오르고 목소리가 갈라졌다. 마지막 장을 덮고 아이에게 바짝 내 얼굴을 들이밀며 말했다.

"쫑아. 엄마도 머리를 밀고 싶어."

조금 전까지 루까였던 엄마의 입에서 나온 말에 아이는 '그럴 수도 있겠네, 그런데 왜?' 하는 표정으로 말똥말똥 나를 바라보기만 했다.

"할머니가, 엄마 아기 때 배냇머리를 안 깎아줬대. 쫑이 배냇머리 알지?"

아이가 끄덕끄덕했다.

"그래서 엄마도 머리가 덥수룩하고 간지럽고 그런 거 같아. 루까처럼 밀면 엄마도 더 예쁜 머리카락 자라지 않겠어?"

아이는 고개를 한쪽으로 기울여 골똘히 생각에 잠긴 듯 그대로 가만히 있었다.

"그래! 그래야 엄마도 여름에 시원하지. 머리가 꼬부라져서 북실거리면 루까처럼 여름에 엄청 더울 테니까."

아이가 양팔을 뻗어 내 머리를 쓰다듬으며 말했다.

"엄마가 머리 밀면 아가 같겠다! 으하하하하. 빨리 깎아봐. 빨리! 귀여울 거 같아!"

나는 아이의 두 볼을 양손으로 감쌌다. 오래오래 볼에 입을 맞췄다.

"우리 이제 저거 타러 갈까?"

"응응!"

총총 뛰어나가는 아이의 뒷모습을 보면서 내 눈에서 찰랑거리던 눈물이 뚝 떨어졌다.

이제 큰 산을 넘을 준비가 다 됐다.

이상한 컨베이어 벨트

유방암, 그것 말고는 전부 불투명한 상태였다. '상세 불명의 악성 신생물'이라는 소견서만 달랑 들고 병원을 알아보러 다니니 진이 빠졌다.

대부분의 대학병원에서 몇 달을 기다려야 한다고 했다. 시간이 제 속도로 가는 것 같지 않았다. 잠들지 못하고 뒤척이던 어느 날 밤, 거실로 나와 불도 켜지 않고 소파에 앉아 있다가 무심히 베란다 쪽으로 고개를 돌렸다. 으악! 희미한 불빛이 겨우 통과하는 베란다에 무언가가 있었다. 저게 뭐지?

사람이 서 있는 것처럼 보였다. 떨리는 손으로 거실 불을 켰다. 조심조심 걸어가 보니 옷걸이에 걸린 외투였다. 지금 내 꼴이 딱 그랬다. 실루엣만 보고 온갖 상상을 하는 중이었다.

사람이든 외투든 똑똑히 보고 싶었다. 그래야 몽둥이를 들고 소리를 지를지, 외투를 다시 걸어둘지 선택할 수 있으니까. 병원 예약이라도 잡아야 한숨 돌릴 수 있을 것 같았다. 지인의 소개로 만 35세 미만의 암 환자를 위한 클리닉이 있다는 병원을 알게 됐다. 거기서는 1차 진료를 받은 병원의 의사 소견서와 조직검사 결과지를 접수만 하면 진료 일정을 2~3주내로 잡아준다고 했다. 와우, 이건 하이패스다! 하이패스를 쥔 뒤 나는 불필요한 감정에서 빠르게 벗어날 수 있었다.

드디어 진료가 잡혔다. 하얀 가운을 입은 -아마, 외과, 영상의학과, 병리학과 등 각 과의 선생님들인 것 같았다- 선생님들이 반원 형태로 둘러 앉아 있었고, 맞은편 가운데에 빈 의자가 놓여 있었다. 회사 면접을 보는 것처럼 떨리는 마음으로 앉았다.

"수달님, 우측 유륜 아래 악성 신생물로 보이는 병변이 있습니다. 위치가 애매하지만 크기가 크지 않아서 제거 후, 추가 진료 일정을 잡아볼까 합니다. 다른 선생님들 의견은 어떠세요? 동의하십니까?"

여러 의사 선생님 중 한 명이 짧게 브리핑을 했다. 다들 고개를 끄덕끄덕했다. 이게 설마 끝? 저 여기 왜 온 거죠? 이 거대한 병원의 컨베이어 벨트 위에 올려진 통조림이 된 기분이었다. 정교하고 솜씨 좋은 여러 손에 의해 통조림 안의 불순

물들이 제거되고 깨끗하게 정리된 통조림으로, 아니 새 사람으로 태어나게 될 것이다. 그런 기대감에도 불구하고 환하게 불이 켜진 기분은 들지 않았다. '위치가 애매하다는 건 뭐지? 암이 어디에 자리 잡았는지도 중요하구나. 그런데 이 크지 않은 가슴 어디에서 영역 다툼을 하고 있다는 거야? 추가 진료는 뭘까?' 궁금한 건 많았지만 컨베이어 벨트가 움직이는 게 느껴졌다. 밖에서 대기 중인 통조림, 아니 사람을 위해 자리를 비워줘야 할 것 같은 분위기가 느껴졌다. 벌써 다른 환자 차트로 넘어가고 있었으니까.

그대로 밀려 나오듯 병실을 나왔다. 코디 선생님이 나의 병원 스케줄을 잡기 위해 기다리고 계셨다. 착착 순조롭게 진행되는 듯 보였다. 그렇지만 아직도 난 모르는 게 많았고 주치의를 선택할 수 없다는 것도 마음에 걸렸다. 스케줄러 위에서 날짜를 체크하려고 바쁘게 움직이는 코디 선생님의 손을 보면서 혹시 담당 선생님을 바꿀 수 있는지 물었다. 그 순간 선생님의 손이 멈췄다. 버퍼링을 직감했다.

"괜찮으시겠어요? 다시… 처음부터 대기하셔야 해요."

이제 내 차례인데 맨 뒤로 가 줄을 설 거냐는 뜻이었다. 환자들이 이렇게나 많은데 진료 우선권을 준다는 건 엄청난 혜택이다, 그런 뉘앙스를 풍기는 것 같기도 했다. 결정적인 순간에 어리석은 선택을 하는 건 아닐까. 그래도 비대면 진료로도 가능했을 오늘의 면담을 순순히 받아들이기 싫었다. 에라, 모르겠다. 후회를 남기는 선택이 가장 안 좋은 선택이라생각하며 맨 뒤로 가는 위험을 감수하기로 했다. 수술 경험이 더 많은 교수님의 대기 명단에 올려달라고 코디 선생님께부탁했다.

맨 뒤로 가서 줄을 서기로 선택한 그 순간, 왠지 모르게 후련했다. 병원에 가면 환자가 선택할 수 있는 건 거의 없다. 검사도, 처치도 심지어 식사까지. 병원에 들어가는 순간부터얼떨결에 통조림이 된 기분으로 결정하는 게 내키지 않았다. 이쯤 되니 이 하이패스가 불안한 환자의 심리를 이용한 배려였는지, 병원의 마케팅 수단이었는지 알쏭달쏭하다. 다행인건 다른 병원에서도 젊은 암 환자를 위한 다양한 클리닉이개설되고 있고 이전보다 훨씬 진료에 성의가 느껴진다는 주변의 말들이다.

우린 항상 지켜보고 있습니다. 하이패스를 버릴지 잽싸게가서 접수할지. 그 선택권은 환자인 우리에게 있습니다!

통조림의 반란은 나름 성공적이었다.

같이 비를 맞는 친구

어찌되었든 시간은 흘러갔다. 수술을 위해 입원을 해야 했다. 들어가자마자 보이는 중앙 위쪽 벽에 티브이가 걸려 있고, 양쪽으로 침대가 띄엄띄엄 놓여 있었다. 방공호처럼 커튼으로 둘러싸인 한 침대 빼고는 다 할머니들이 앉아계셨다. 할머니들은 이불을 돌돌 말아 쿠션처럼 등 뒤에 대고 누웠다 앉았다 하시면서 티브이를 보기 위한 가장 좋은 상태에서 멈추셨다. 모두가 처음부터 알고 지낸 사이처럼 계속 이야기가 흘러나오고 있었다. 환자복이 아니라 파자마를 입고 있는 것처럼 다들 편안해 보였다.

한 할머니가 침대에서 사뿐히 내려와 티브이 아래쪽 작은 냉장고로 가셨다. 할머니는 냉장고 문을 열다 말고 구부정한

허리를 꼿꼿이 세우고 입을 떼셨다. 착하고 성실한 아들이
결혼하겠다고 데려온 아가씨가 있는데 부잣집 딸내미라더
라, 그런데 그 아가씨가 약혼자가 있는데 여우 같이 그걸 숨
겼다더라, 어쩌면 좋으냐고 하셨다. 세상에 별일이라며 다른
할머니들이 안타깝다고 입을 모으셨다. 냉장고 앞 할머니의
손자거나 친척 이야긴 줄 알았다. 가만 보니 티브이에 그 아
들과 며느리가 나오는 중이었다. 못된 며느리와 얼빠진 아들
을 성토하면서 다시 허리를 숙여 냉장고에서 꺼낸 반찬통을
들고 침대마다 들르셨다. 플라스틱 락앤락이 가까이 오면 할
머니들은 손을 뻗어 하나씩 집으셨다. 동시에 하나둘 낯선
나를 발견하셨다. 면회객인가? 힐끗 시선이 내게 모였다가
곧 흩어졌다. 티브이 아래 창가 쪽 침대가 비어 있었다. 몸을
최대한 숙여 살금살금 발을 뗐다. 티브이로 집중하던 할머니
들의 시선이 이번에는 꽤 오랫동안 내 뒤통수에 꽂히는 게 느
껴졌다. 아, 투명 인간이 되고 싶다.

"새 손님이 오나 보네. 주인공은 어디 계시는가?"
한 할머니께서 물으셨다. 반죽을 뚝, 뚝 떼어놓듯 한마디,
한마디가 천천히 흘러나왔다. 할머니는 양 볼에 주름을 촘
촘히 말려 올리며 활짝 웃으셨다. 활짝 웃는 얼굴이 포근했
다. 우물쭈물 대답을 뜸 들이는 동안 돋보기를 통과한 할머

니의 눈이 크게 반짝거렸다. 할머니와 눈을 맞추다가 울컥 목이 막혔다. 친정엄마가 그때 입원실로 들어오고 계셨다.

"아, 저 니인가 보네, 저 니여. 딸이 엄마를 아주 쏙 뺐네. 딸이 있어 든든하시겠어요?"

어느새 반찬통을 넣고 손을 허리에 받치고 서 계셨던 할머니가 확신에 차서 말씀하셨다. 그런데, 딸이 쏙 빼닮았다는 엄마는 고개만 꾸벅 하고 사라지셨다. 아이를 봐주기로 한 엄마는 서둘러 병실을 빠져나가셨다. 환자와 보호자, 엄마와 딸. 누가 봐도 딱 알겠는데 분위기가 어째 이상하다. 다들 처음 입원할 땐 싱숭생숭하다는 걸 이해한다는 듯 어색한 침묵을 할머니들이 기다려주셨다. 티브이 볼륨만이 방안을 꽉 채울 때, 커튼을 치고 병원복으로 갈아입고 나오니 침묵이 공기를 어색하게 감쌌다.

"딱 우리 손녀딸 같으네."

돋보기 할머니의 볼 살이 힘을 잃고 툭 떨어졌다. 돋보기가 아래로 흘러 내려가 코끝에 겨우 매달려 있었다. 할머니는 돋보기가 성가시다는 듯 한 손으로 벗어들고, 다른 손으로 얼굴을 쓸어내리셨다.

"요즘은 저런 이가 많다 하네요, 에휴."

그때 방공호가 열렸다. '자기만의 방'에 조용히 있던 옆 침대의 사람이 커튼을 휘리릭 걷었다. 포장지가 벗겨지듯 커튼이 열리면서 젊은 여자가 툭 튀어나왔다.

"어머, 웬일이야. 내가 제일 어린 것 같아서 서러웠는데 더 어린 친구 같네? 반갑다! 반가워요!"

진짜 반가웠다. 동기를 만난 기분이었다. 우린 서로 손을 맞잡고 흔들었다. 그녀는 나보다 일곱 살이 많았고 곧 네 살이 되는 아들이 있다고 했다. 핸드폰으로 서로의 아이를 보여주면서 까르르 웃었다. 웃고 있는데 눈물이 났고 눈물 닦은 휴지가 얼굴에 달라붙은 걸 보면서 또 숨넘어가게 웃었다.

"친구야 둘이? 에이. 뭘 이런 데서 만나누. 그래도 잘 됐네. 그르치?"

돋보기 할머니가 지그시 웃으셨다. 안타까움과 안도가 섞인 미소였다. 그랬다. 같이 비를 맞는 인디언 친구가 생긴 것처럼 마음이 그렇게 든든할 수가 없었다.

간식 통을 들고 한 바퀴 도셨던 할머니가 우리에게 불쑥 통을 들이미셨다. 호두였다. 껍질이 다 발라진 알이 굵은 호두가 가득 담겨 있었다. 직접 농사지은 거니 맛보라고 하셨다. 긴장했는지 목젖이 달라붙을 만큼 뻑뻑해져 있었다. 할머니는 반찬통을 가까이 들이미셨다. "몸에 좋은 거여!" 하시곤 입맛이 있든 없든 먹어야 한다며 고개를 끄덕끄덕하셨다. 호두 하나를 집어 들었다. 우리 같은 늙은이들도 견디는데 더 잘할 거라고 걱정하지 말라고 하셨다. '세상에, 세상에' 대

신 '그려, 그래야지'가 후렴구처럼 이어졌다. 호두 위로 눈물
이 툭 떨어졌다. 어느새 우리 곁으로 온 할머니들이 굵은 마
디가 가득한 거친 손으로 등을 토닥토닥 쓸어내려 주셨다.

큼직한 호두를 힘껏 깨물었다. 오도독 소리가 났다. 오도
독, 오도독. 큰 덩어리가 반으로, 그 반은 또 절반으로 점점
작아졌다. 슬픔도 걱정도 쪼개지는 듯했다.

간호사 선생님이 들어와 침대에 내 이름표를 걸어주셨다.

〈나이: 32Y. 이름: 김@달. 입원일: 2012.2.1.〉

이름표를 한참 들여다본 한 할머니가 이런 이야기를 해주
신다. 젊어서 미리 아프고 늙어서는 꽃구경만 실컷 다닐 게
분명하다고. 당신 침대로 돌아가 엉덩이를 툭 올려놓으며 "어
여 자. 밤에는 도움 되는 생각이 안 드는 법"이라고 확신에 찬
목소리로 말씀하셨다. 불이 툭 꺼지고 전체 소등이 되었다.
떠들썩한 분위기는 어느덧 조용해졌다.

모두 잠든 시간, 블라인드를 살짝 올려 까맣게 물든 창밖
을 바라보았다. 자동차의 노란 불빛들이 반짝거리고 있었다.
다들 어디를 가는 걸까. 쓸데없이 눈물이 차올랐다. 또렷했
던 노란 불빛이 뿌옇게 보였다. 눈을 끔뻑 감았다 떴다. 총총
한 불빛이 샘나도록 반짝거렸다. 다시 일상으로 돌아갈 수
있을까? 걱정과 불안이 밀려올 때마다 눈물이 차올랐다. 눈

물을 꾹꾹 닦아도 자꾸만 가득 고였다. 크리넥스를 뽑다가 곁에 두고 많이 먹으라고 담아주신 호두가 보였다. 자야지, 뭣 하는 거여. 할머니 목소리가 들리는 것 같았다.

진짜다. 밤에는 도움 되는 생각이 전혀 안 드네. 일단 자야지. 꼭 감은 눈에 고여 있던 눈물이 쪼르르 흘러내렸다. 생각은 낮에 하자, 크게 숨을 쉬고 다시 눈을 감았다. 더 흘러내릴 눈물은 없었다.

모처럼 달고 깊은 잠에 들었다.

차가운 공장

아기를 낳던 날, 지방 근무를 하다 헐레벌떡 달려왔던 나의 남편. 이번에는 와이프 수술하는 날, 열두 시간 비행기를 타고 날아왔다. 출산하는 날 아이와 내가 무사한 걸 확인하고 다시 지방으로 내려갔을 때처럼, 남편은 이번에도 수술이 무사히 끝나는 걸 확인하면 비행기를 타고 다시 날아갈 예정이었다.

"병변 뒤에 의심되는 조직이 보여요. 그것 좀 확인하고 수술 들어갑니다."

쏜살같이 빠져나가려는 의사 무리를 붙잡았다.

"그러면 뭐가 어떻게 되는 건가요."

"그럼 4기지, 4기."

이미 뒤돌아서 몇 걸음 뗀 독수리를 닮은 의사가 날쌔게 대답하고 휙 나가버렸다.

입원실이 조용해졌다. 아이가 보고 싶었다. 영상통화를 눌렀다. 아이는 머리를 양쪽으로 묶고 사촌 누나들과 깔깔 웃으며 나타났다. 까르르 웃는 소리만 들렸다. 아이가 나타나도록 화면을 손끝으로 잡아당겨 봤지만 아이는 나타나지 않았다.

그때, 호출하는 소리가 들렸다. 푸른 병원복을 입은 남자 직원이 간이침대를 끌고 들어서고 있었다. 바퀴가 덜컹거릴 때마다 속이 울렁거렸다. 형광등이 켜진 하얀 복도를 지나가는데 머릿속이 까맣게 암전되는 것 같았다. 사람들 말소리가 윙윙 뭉쳐 들렸다. 진동하는 검은 터널 안을 혼자 지나가는 기분이었다. 작은 방에 도착했다.

"많이 놀라셨겠어요. 간단하게 확인 좀 할게요."

추가 검사가 필요한 이유를 설명한 그는 조금 아프세요, 하고 굵은 철사를 가슴에 갖다 댔다. 철사는 곧 뿌드득 소리를 내며 가슴 깊숙이 박혔다. 그는 컴퓨터 화면을 보면서 어딘가에 조준하듯 철사를 조금씩 움직였다. 철사는 미묘하게 움직이다 목적지에 다다른 듯 멈추었다. 그 상태로 기다려야 했다. 그러나 아프지 않았다.

잠시 후, 수술실로 가도 좋다는 사인이 떨어졌다. 나는 간이침대에 실려 더 길고 좁은 복도를 지나갔다. 간이침대의 바퀴가 덜컹거리고 천장에 달린 형광등이 휙휙 지나갔다. 수술실은 차갑게 얼린 공장 같았다. 빳빳한 초록색 이불을 덮고 있었지만 내 살과 금속 침대가 착 달라붙을 것만 같은 서늘한 기운이 감돌았다. 심장이 쿵쾅거리면서 맨살을 덮고 있는 이불이 미세하게 흔들리고 있었다.

"긴장되니까 더 춥죠?"

흘린 눈물이 딱풀처럼 눈꺼풀을 붙였다. 꾸덕꾸덕해진 눈을 벌려내듯 떴다. 수술실 간호사인 듯했다. 대답하고 싶은데 밀봉했던 뚜껑을 여는 것처럼 입술이 잘 안 떨어졌다. 입을 뗐을 땐, 어금니가 딱딱 부딪히며 떨리고 있었다. 간호사 선생님이 계속 말을 걸었다. 아이가 몇 살인지, 어디에 사는지, 퇴원하면 무얼 먹고 싶은지. 뱃고동 같은 목소리가 깊고 부드럽게 나를 감쌌다. 덕분에 조금씩 안정을 찾아갔다. 눈물이 다시 주르륵 흐르기도 했다.

"우리 팀이 우리나라에서 수술 제일 잘해! 진짜! 긴장하지 말고 한숨 푹 자요. 나중에 아들 커서 말 더럽게 안 들으면 맥주나 한잔해요"

피식 웃음이 나왔다. 간호사 선생님은 맥주 좋아하시는구나 하면서 장난스럽게 말했다.

"전 소주를 더 좋아해요."

우리는 소리 내서 웃었다.

독수리 의사가 두건으로 흰머리를 감싸고 들어왔다. 얼굴 위의 스탠드가 눈부시도록 밝게 켜졌다. 곧 수술이 시작된다. 열어봐야만 암을 정확하게 알 수 있다고, 잘하고 오라고 손 잡아주시던 할머니들을 떠올렸다. 나중에 맥주 한잔할 때 오늘을 생각하며 웃어야지. 그러려면 용기를 내야한다. 비장하게 들어오는 독수리를 보면서 지금, 이 순간만큼은 오로지 그를 믿기로 한다.

생년월일과 이름 확인. 링거에 마취액이 흘러들어오고 동시에 입에 호스가 끼워졌다. 뱃고동 선생님이 고개를 끄덕이는 것을 보면서 눈을 감았다. 이제 한숨 자볼까, 하면서.

제자리에서 살아가는 기분

입원해 있는 동안 항암에 대한 교육을 받았다. 수첩에 받아 적은 내용을 반복해서 읽었다. 이대로만 하면 되겠지! 막연하게 자신감도 생겼다. 왜 그랬을까. 삶이 크게 기우뚱거린 첫 경험들 ―임신, 출산, 육아 그리고 섹스마저― 을 몇 권의 책으로 배웠다. 글로 배운 이론은 때론 현실과 무척 동떨어진다는 것을 이미 여러 번 경험한 뒤였다.

나는 임신 안정기에 접어든 그 시점부터 조산 기미가 있었다. 모든 수치는 정상이었다. 태아에게 문제가 있는 것도 아니었다. 별 수 있나. 그때부터 출산하는 날까지 꼬박 누워 천장의 무늬만 하염없이 바라보며 지냈다. 아무것도 할 수 없는 상황에서 종종 무기력을 느꼈다. 그런 경험을 하고서도 몰랐다. 맑은 날에도 소나기가 내릴 수 있는 것처럼 어떤 경우에나 예외가 있다는 것을 말이다. 항암 치료는 그런 시간이었다. 맑은 날에 쏟아진 소나기, 그 비를 쫄딱 맞아 생쥐가 되어 버리는 마법 같은 시간.

첫 항암 치료를 하는 날이었다. 간호사 선생님은 뾰족한 주삿바늘을 내 손등의 혈관에 꽂았다. 칵테일처럼 붉은 액체가 링거 줄을 타고 흘러들어오기 시작했다.

"점막 부위가 간지러우실 거예요."

찌직. 찌르르. 몸에 도착한 주사액은 바로 점막에 자극을 주기 시작했다. 전기가 꼬불꼬불하게 선을 그리며 정수리와 항문에 닿아 스파크를 일으켰다. 유감스러운 위치다. 손바닥이나 발바닥이라면 긁을 수 있을 텐데, 항문이라 무얼 하기가 애매했다.

"항암 치료가 누적될수록 체력도 약해지지만 혈관도 약해져서 팔뚝이나 발, 아니면 다른 데 맞을 수도 있어요. 케모 포트*를 심기도 하는데 안 하기로 하셨나요?"

"네… 그럼 어떻게 해요?"

"뾰족한 수가 없어요. 혈관이 버텨주길 바라야죠. 항암은 지연되지 않는 게 제일 중요하니까 체력 관리를 잘하셔야 해

♦ 항암 치료제를 중심 정맥에 투여하는 데 사용되는 중심정맥관의 일종

요. 식사도 잘 챙겨 드시고 운동도 하시고요. 그리고 절대 피
로하시면 안 돼요!"

간호사 선생님은 달리 뾰족한 수 없는 방법을 최대한 다듬
어 일목요연하게 알려주셨다. 나는 착한 학생처럼 네, 하고
빙긋 웃어 보였다. 몇 시간쯤 지났을까. 독극물 주의라고 쓰
여 있는 빵빵한 주사 파우치가 홀쭉해졌다. 항암제를 쪽쪽
빨아먹은 내 몸은 이상하게도 그대로였다. 화장실로 달려가
토하는 일도 없었다. 구토 방지제를 먹어서일까? 이렇게 훌
륭한 약이 있다고? 설마 나 항암 약마저 소화해버리는 거
야? 병원에 같이 와준 새언니가 아가씨 최고라며 이대로만
가자고, 양손 엄지를 척척 치켜세웠다. 나는 새언니에게 다
음엔 월차내지 말라고, 혼자서도 다닐 수 있다고 큰소리를
빵빵 쳤다. 그렇게 우리는 북 치고 장구 치며 추어탕을 싹싹
비우고 헤어졌다. 태풍의 전야에 있는 줄도 모르고.

나의 몸은 그날 밤부터 본격적으로 태풍의 영향권 안으로
들어섰다. 구토가 첫 신호였다. 망치로 머리를 두들겨대는 통
증이 이어졌다. 삽시간에 통증이 나를 집어삼켰다. 정신을
차려보니 화장실 문턱에 늘어져 있었다. 들어가는 길이었을
까, 나오는 중이었을까. 몸을 일으켜 거울에 비친 얼굴을 보
았다. 머리는 산발이고 눈은 쑥 들어가 있었다. 하룻밤 사이

해쓱해진 볼에는 눈물과 콧물이 엉켜 말라붙은 자국이 남아 있었다.

4주 간격, 여섯 번 항암치료를 받았다. 항암제를 투여하고 온 날부터 첫 주는 죽을 것처럼 고통스러웠다. 둘째 주에는 새 눈곱만큼 아주 조금 기력을 회복했다. 셋째 주가 되면 통증은 거의 가셨지만 몸이 무겁고 나른했다. 드디어, 넷째 주! 거의 보통의 컨디션이 되었다. 항암 치료 중에 멀쩡해 보이는 사람들은 이 시기에 열심히 돌아다니기 때문일 것이다. 아쉽게도… 약간 살 만해지면 다시 주사를 맞을 때가 왔다는 신호였다.

물론, 항암 치료가 반복되자 몸 상태는 하향평준화가 되어 컨디션이 뚝뚝 떨어졌다. 게다가 옵션이 하나씩 붙었다. 텁텁하고 쓴맛이 나는 입에 구내염이 생긴다던가, 탁해진 피부가 간지러워진다던가. 항암 치료가 진행될수록 겉모습에도 변화가 생겼다. 손톱 밑은 검게 물들어 때가 낀 거 같고, 손가락 마디마디도 검게 착색됐다. 훅훅 빠지는 머리카락을 전부 밀었더니 퉁퉁 부은 얼굴은 늙은 호박처럼 보였다.

혈관도 쪼그라들었나 보다. 네 번째 항암부터 간호사 선생님은 주삿바늘을 꽂기 어려워하셨다. 손등부터 팔꿈치 안쪽까지 세심하고 조심스럽게 더듬더듬 혈관을 찾다가 마지막엔 발등까지 노렸다. 이 정도의 관찰력이면 모래밭에 떨어진

동전도 찾아낼 수 있을 것만 같았다.

설상가상, 항암 치료가 지연되는 일도 생기고 열이 오르기도 했다. 항암 중 고열은 응급상황이지만 지역 대학병원에서 받아주지 않아 집으로 돌아올 수밖에 없는 아찔한 상황도 있었다.

치료를 받으며 걸을 기운이 없을 때, 베란다 화분 옆에 쪼그리고 앉아 햇빛을 쏘였다. 툭하면 몸을 둥글게 말아 나타나는 손님을 화분들은 가만히 맞아주었다. 나는 이파리들을 톡톡 두드리며 말을 걸었다.

"제자리에서 살아가는 기분은 어때? 나는 요즘 그게 너무 어려운데…."

마음은 낭떠러지에서 굴러 떨어지는 돌멩이처럼 속수무책으로 힘을 잃어갔다. 사람들이 무심코 하는 말에 상처받았고 그때마다 뾰족하게 맞섰다.

항암 치료제가 내 몸을 훑는 동안 벌어진 일들이었다. 항암은 한꺼번에 쏜 화살촉처럼 내 몸 여기저기를 공격했다. 별수 있나. 챙챙챙, 샥샥샥 받아내는 수밖에. 어떤 날은 친정엄마가 끓여준 죽을 먹는 것만이 최선이었다. 내가 할 수 있었던 가장 훌륭한 일은 그런 것뿐이었다. 별 볼 일 없는 나날들 같았지만, 어느 때보다 치열한 날들이었다. 아무것도 안 하는 시간 같지만 사실 마법에서 풀려나는 중이었다.

　그러므로 내 스스로 몸을 꼭 끌어안고 잘하고 있다고 말해주어야 했다. 무엇이든 막아낼 수 있다는 믿음과 함께. 그때 나의 주문은 이것이었다. 챙챙챙, 샥샥샥.

지나가는 중입니다

미용실의 샴푸 의자에 누울 때 수건으로 얼굴을 덮어주는 섬세한 배려가 좋다. 위에서 내려다보는 누군가와 눈을 마주치고 있는 건 영 어색하다. 눈은 감고 있으면 그만이지만 그 작은 보호막 뒤에서 눈을 감고 있으면 더 편안했다.

여기서는 어쩌나. 난처했다. 좁은 공간에 두 명의 방사선사와 웃옷을 홀렁 벗고 있는 나, 이렇게 셋이다. 오른쪽 유방에 방사선 치료를 받기 위해 준비를 한다. 필요한 기계와 인원만 고려한 공간은 다소 좁게 느껴졌다. 한 명은 코앞에서 설명하는 중이고 다른 한 명은 내 가슴 위에서 작업을 하고 있다. 눈을 감았다 떴다가, 눈동자를 왼쪽 끝에서 오른쪽 끝으로, 위에서 아래로 골고루 굴렸다. 타투를 그리는 것도 아닌데 왜 이리 오래 걸릴까. 시간이 진공 팩 안에 들어 있는 것만 같았다. 내 마음을 읽은 귀신같은 방사선사 한 분이 상당한 방사선량을 정확한 부위에 쪼여야 하므로 생각보다 정교한 작업이 필요하다고 말해주었다. 만약 지워지면 다시 이 과정을 반복해야 한다고 덧붙였다. 친절한 설명인데 마치 협박처럼 들렸다. 가슴 위에 논두렁을 그려놓은 것처럼 사인펜으로 죽죽 그어진 선을 보면 정교하게 그린 게 맞나 싶었지만, 절대 지워지지 않게 조심하리라 다짐했다.

병원을 나서자 8월의 태양답게 뜨거운 햇살이 내리꽂고 있었다. 아, 물속에 첨벙 빠지고 싶다. 방수 매직으로 그려주었길 바라며 핸드폰을 열어 수영장을 검색하다가 '다시 반복'이라는 말이 떠올라 얼른 닫았다. 방사선은 쉬울 거라고 생각했다. 이비인후과에서 빨간 조명 앞에 코를 가만히 대던 기억이 나서 딱 그 정도겠지 하고 생각했다. 상의를 탈의한 채 두 팔을 위로 올리고 가만히 있는 것만이 다른 점일 줄 알았다. 그만하면 정말 방사선 만세인데….

일주일이 지나자 방사선이 닿은 피부가 조금씩 벗겨졌다. 앉았다 일어설 때마다 핑그르르 도는 것도 심해졌다. 축 늘어진 몸이 무거워서 발목에 모래주머니를 차고 걷는 느낌이 들었다. 해는 쨍쨍, 기분은 찜찜, 매미는 맴맴 하는 한여름 날의 방사선 치료는 죽을 맛이었다.

아들의 유치원 버스 놀이도 그때부터 시작이었다. 어느 날, 아이가 식탁 의자를 쪼르르 세워두고 날 불렀다.

"엄마. 이리 와 봐! 유치원 버스 놀이하자! 엄만 여기 의자에 앉아 있으면 돼"

세상에, 기특하기도 하지. 나가서 놀기 힘든데 의자에 앉아만 있으라니! 나는 반색하며 오우 케이! 하고 털썩 의자에 앉았다. 한 치 앞도 모르고.

아이는 베개를 기어, 동그란 화분 받침을 운전대라고 하더니 신나게 운전하는 시늉을 했다. 내 앞에 뽀로로가 앉아 있고 그 앞에는 에디가 앉아 있었다. 내 역할은 '유치원 친구 1'이었다. 역할은 수월했다. 그런데! 갑자기 선생님을 하라고 한다. 등원, 하원할 때마다 선생님이 하시던 인사말까지 자세히 알려줬다.

"안녕하세요, 어머님. 세연이 왔어요. 예쁜 손. 선생님 감사합니다. 안녕히 가세요. 내일 만나자, 세연아."

친정에서 머무는 중이라 이웃집에 아이의 친구가 한 명도 없었다. 이사를 온 지 1년이 되어 가는데도 다 기억하다니. 아이가 그곳을 그리워하나 싶은 생각이 들어 마음이 짠했다. 놀이터에 나가면 미끄럼틀부터 그네까지 끌고 다닐 게 뻔하다. 이 땡볕에 나가느니 집에서 학생도 하고, 선생님도 하고 그러는 게 백 번은 낫겠지 싶은 마음도 있었다. 나는 의자에서 일어나 몇 발자국 옮겨 90도 인사를 하고, 아이를 인계하는 상냥한 선생님 역할을 했다.

놀이를 거듭하자 아이의 기억이 점점 더 선명해졌다. 친구가 하원 하는 데 아무도 나와 있지 않았던 일, 휴가 중인 친구 아빠가 엄마 대신 배웅 나온 일, 친구 동생이 갑자기 다쳐서 병원에 가는 바람에 다시 선생님들과 유치원으로 돌아간 일 등등 아이의 시나리오는 입체적으로 변하기 시작했다. 등장인물은 다양해지고, 배우는 나밖에 없었던지라 어느 순간 아이는 내게 누군가의 '엄마', '이모', '동생', '삼촌' 등의 역할까지 넘겨주었다. 의자에 앉으니 마치 버스 냄새가 나는 것 같았다. 멀미하듯 속도 울렁거렸다. 아, 이건 무슨 마술이지….

나와 아이를 매일 지켜보던 친정엄마는 어느 날, 쯧쯧 유별나다고 하셨다. 티브이나 보자며 리모컨을 들고 오시는데 나는 누런 얼굴에 가재미눈을 치켜뜨면서 괜찮다고 했다. 내가 아프기 전에도 엄마는 자주 '너무 그럴 필요 없다'라고 하시곤 했다. 아이에게 티브이를 보여주지 않는다거나, 늦게까지 책을 읽어주는 바람에 재우는 시간을 훌쩍 넘겼다고 하면 엄마는 별나다며 웃으셨다. "요즘 엄마들은 다 이래. 엄마가 우리 키우던 시대랑은 다르지" 하고 나 역시 웃어 넘겼지만 이번엔 그러지 못했다. 유, 별, 나, 다는 한 마디에 마음에 지진이 났다. 아마도 엄마의 말은 아이 키우는 데 힘 좀 빼도 된다는 뜻이셨을 것이다. 게다가 지금은 아이보다 내 몸을 더 생각하라는 의미였을 것이다. 내가 아프니까 더더욱 아이가 느낄 허전함을 이렇게라도 채워주고 싶었다. 나는 '아픈 엄마'를 스스로 핸디캡으로 여겼다. 내가 생각한 모성은 이런 것쯤은 거뜬히 해내야 한다고 생각했다. '유별나다'는 그 정곡을 대수롭지 않게 찔렀다.

아이가 자동차 놀이를 좋아한다는 이야기를 들은 작은 오빠는 어느 날, 뿡뿡이 핸들을 사왔다. 귀여운 뿡뿡이는 우렁찬 경적을 냈다. 뽕짝 뽕짝 멜로디도 나왔다. 멜로디를 따라 불빛도 번쩍번쩍했다. 뿡뿡이 핸들을 품에 안은 아이의 아드레날린 수치는 더욱 치솟았고, 나의 불쾌지수는 천장을 뚫고 말았다.

차라리 병원에 가는 게 나았다. 하지만 상의를 탈의하는 순간이 오면 마음은 싹 바뀌었다. 도돌이표 같은 상황에 기운이 쏙 빠졌다. 그때 한쪽 병원 벽에 '이 또한 지나가리라'고 적힌 캘리그라피 문구가 눈에 들어왔다. 가방 속에서 수첩을 꺼내 남은 방사선 횟수만큼 동그라미를 그렸다. 하필 아이를 키우고 있는 지금 왜…. 그러나 병을 얻기에 적당한 때라는 게 있을까? 그렇게 생각하니 픽 웃음이 나왔다. 자문자답을 하는 사이 방사선사가 나를 불렀다. 들어가야 한다. 들어갔다 나오면 돌계단 하나를 건너는 것이다.

　시간은 흐른다. 계속 흐를 것이다. 상의 탈의한 이 순간에
만 멈춰 있지 않는다. 그 사실이 꽤나 위안이 됐다.

유별난 엄마

방사선 치료는 매일 가야 하는 치료이기에 환자의 거주지 내 대학병원으로 이관해준다. 방사선을 담당하는 종양내과 선생님과 매주 한 번씩 면담을 진행했다. 그날은 면담이 있는 날이었다. 친정엄마가 근처에 볼일이 있다며 나를 따라나섰다. 그런데 어느새 진료실에도 같이 들어서고 계셨다.

"엄마, 이제 가시지요. 네?!"

누가 봐도 모녀 사이인 게 티가 나는 우리를 보자 선생님이 같이 들어오라고 하신다.

선생님은 친정엄마와 반갑게 인사를 나누시곤 아이는 어떻게 키우고 있냐고 내게 물으셨다.

"네?"

매미들 떼창이 가득한 한여름을 통과하는 중이었다. 가만히 있어도 흐르는 땀 때문에 방사선사 선생님이 매우 신중하게 그려놓은 유방 위 좌표가 야금야금 지워지고 있었다. 제대로 샤워도 못 하고 버티는 중인데 야속하기만 했다. 거기다 스치기만 해도 쓰라린 통증 때문에 연고를 처방받을 수 있는지, 그 질문을 할 생각이었다. 그런데 아이는 어떻게 키우고 있냐니…. 하나의 질문이 가슴을 건드렸다.

안 그래도 '유별나다'는 말이 종종 떠올라 억울한 마음이 생기던 중이었다. 엄마가 병원에 한 번쯤 같이 오고 싶어 한다는 걸 알면서도 모른 척하고 있었다.

항암 치료 첫날 난생처음 겪어본 고통에 항암 치료 하는 동안만 친정에서 지내기로 했다. 그러나 방사선 치료로 넘어가도 집으로 돌아갈 엄두를 못 내고 있었다. 나는 엄마가 밥해주고 빨래를 해주는 것도 모자라 내 아이를 더 살뜰하게 봐주길 기대했다. 이기적인 마음인 걸 나 역시 알고 있었다. 하지만 가장 힘든 건 단연 아이를 돌보는 일이었다. 내가 엄마에게 가장 큰 도움을 받고 싶은 그 부분이 채워지지 않는 게 너무 힘들고 답답했다. 뭐라고 대답해야 할지 고민하는 사이, 고요하고 쾌적한 진료실에서 에어컨 진동이 느껴졌다. 선생님의 머리카락이 가볍게 흔들리는 것을 바라보면서 북새통 같은 집이 떠올랐다.

아이는 여전히 '유치원 버스 놀이'에 빠져 있었다. 우렁찬 뿡뿡이 핸들 덕분인지 그 열정은 시들해지지 않았다. 아이는 하원과 동시에 거실에 유치원 버스라고 세워둔 의자로 달려 갔다. 유치원 버스에서 내려 그대로 다른 차로 옮겨 타는 것 같았다. 아이가 의자에 앉아 뿡뿡이 핸들을 잡고 해맑게 웃 으며 나를 부르면 속이 울렁거렸다. 자동적인 반응이었다. 이 제는 그 울렁거림이 방사선의 여파인지, 그 놀이 때문에 생겨 난 현상인지 알 수 없었다. 내가 끙차 하면서 의자로 가면 엄 마는 고개를 절레절레 흔드셨다. 운전기사, 아니 아이와 엄마 사이에서 이상하게 눈치를 보면서 보내는 하루하루 때문에 더 지쳐갔다.

병원에 오는 시간은 가장 조용하고 아늑한 시간이었다. 뽀 송하고 조용한 이 소중한 시간을 그곳으로 데려다주시다니. 대충 대답하고 넘어갈 참이었다.

"아이는 잘 지내요. 그냥 좀 힘들어서…."

순간 "얘가 참 유별난 엄마예요" 하는 목소리가 어디선가 겹쳐졌다. 엄마였다. 가뜩이나 병원에서까지 멀미가 나서 기 분이 안 좋은데 엄마의 말은 깜빡이 안 켜고 끼어든 차를 보 는 것처럼 짜증이 훅 났다. 엄마를 바라보는 내 눈에서 불꽃 이 튀었다. 엄마에게 고개를 흔들어 보였다. 그만하라는 걸 모를 리 없었다. 하지만 엄마는 못 본 척, 선생님한테 고자질

하듯 유치원 버스 놀이를 생생하게 전달하고 계셨다. 복화술처럼 엄마를 불러도 소용이 없길래, 엄마의 무릎을 쿡쿡 찔렀다. 선생님이 빙긋 웃으셨다. 엄마와 나를 가만히 지켜만 보던 선생님의 금테 안경이 마치 무언가를 발견한 것처럼 반짝거렸다. 그러더니 천천히 입을 떼셨다.

"수달 님. 아이와 전처럼 지내고 싶으신 마음은 잘 알아요. 잘 놀아주고 싶은 마음도 이해하고요. 하지만 무리예요. 지금은 수달 님 건강만 돌보는 게 우선이고 그건 분명한 사실이죠. 아이에게 미안할 일이 아니에요."

내 마음 어딘가가 건드려진다.

선생님은 내게 젊은 암 환자의 육아 스트레스와 재발에 대한 상관관계를 연구 중인데 참여해보겠냐고 물으셨다. 육아 스트레스를 낮출 경우 암 재발이 낮아진다는 명제를 두고 임상심리 교수님과 협업하는 프로젝트를 진행할 거라고 하셨다. 정말요?! 엄마의 깜박임 없이 들어온 한마디가 뜻하지 않은 행운을 가져다주었다. 공포의 유치원 버스 놀이에서 나를 탈출시켜줄 방법만 알아도 좋을 것 같았다. 해결된 건 하나도 없었지만, 육아 고민을 들어줄 든든한 누군가가 생긴다는 것만으로도 안도감이 밀려왔다.

그날, 방사선 치료를 받고 병원 문을 나서자마자 매미 우는 소리가 징글벨처럼 시원하게 울려 퍼졌다. 아차! 연고를 깜박했지만 괜찮았다.

몇 걸음 떼지 않아 땀방울이 송골송골 맺히기 시작했다. 길 건너 카페가 눈에 들어왔다.

"엄마, 우리 커피 마시고 갈까?"

엄마 팔짱을 꼈다. 배시시 웃음이 절로 나왔다.

"그러자."

엄마도 어딘가 홀가분해 보였다.

한 여름의 아이스 아메리카노처럼 딱 좋은 기회가 생겼다.

수많은 발자국

6~7개월이 지나고 여섯 번의 항암 치료가 모두 끝났다. 시간이 더디게 흘렀다. 그 사이 나는 전혀 다른 몸이 되어 있었다. 조금만 걸어도 트램펄린 위에서 걷는 기분이 되었다. 허리는 휘비적, 허우적 휘었다. 딱, 가게 앞에 세워놓은 풍선인형 같았다. 이 상태로 방사선을 받으면 못 버틸 것 같았다. 벽돌 하나하나 쌓듯 한 걸음 한 걸음 늘려 힘을 채워 넣을 계획을 세웠다.

1단계. 코앞에 있는 '총각네 마트'다. 걸어서 딱 5분 거리. 이것도 왕복하면 무려 10분이다. "요즘 매일 오네?" 사장님이 무척 반기셨다. 그렇게 몇 주가 지났다. 어느 날, 마트에 들어서면서 "안녕하세요!" 하는데 목소리가 염소처럼 떨리지 않는다는 걸 알았다. 미션 클리어! 총각 마트에 깃발을 꽂았다. 바로 다음 목적지를 찾았다.

다음 타깃은 도서관이다. 걸어서 20분 정도의 거리. 도서관에서 느꼈던 배부른 감각이 그리웠다. 생각만 해도 설렜다. 기운차게 시작했으나 안타깝게도 '바깥은 여름'이었다.

가발이 걸렸다. 조금만 걸어도 가발 속에 땀이 찰박찰박할 정도로 차는데 괜찮을까? 그냥 두건만 하고 걸을까? 아이와 새로 사귄 친구들을 시시때때로 마주치는 이 동네에서 그래도 될까. 아이들이 놀라 자빠질지도 모른다고 아이들을 걱정하는 척했다. 실은 내 안의 소심한 중생이 아직 대머리를 커밍아웃 할 용기가 나지 않았을 뿐이었다.

결국 가발을 쓰고 걸었다. 태양은 지글지글 가발의 정수리를 달구기 시작했다. 머리 위에서 푹푹 빨래를 삶는 것 같았다. 도서관에 다다를 때엔 입이 쫙 벌어지면서 혓바닥이 삐져나왔다. 물로 입과 목을 축여 혓바닥을 쏙 집어넣고 마음을 추슬렀다. 집으로 가자, 집으로. 어서 가발을 벗자!

집에 도착하면 단전에서부터 으어어 하는 소리가 절로 났다. 가발을 벗어 던지며 소파에 벌러덩 누웠다. 털 뭉치 같은 가발이 허공을 가르며 바닥으로 툭 떨어지는 걸 눈동자가 멍하게 좇았다. 손 하나 까딱할 힘이 없는데 싱크대 위에 수북하게 쌓인 채소를 손질할 엄두가 나지 않았다. 저 채소를 여물처럼 먹고 내일도 소처럼 걸어야 하는데, 도무지 의욕도 기운도 나질 않았다. 그대로 소파에서 깜박 잠이 들면 어느새 아이가 돌아왔다. 아이는 나를 흔들어 깨우며 태권도에서 배운 품새 좀 보라고 가느다란 팔과 다리를 획획 휘저었다. 그때마다 아이의 도복이 나풀거렸다. 처음 태권도장에 갔던 날, 쭈뼛쭈뼛하던 아이가 맞나 싶었다. 아이가 신나서 통통 뛸 때마다 까만 눈동자가 반짝반짝 넘실거렸다. 6개월 동안 아이는 영글어 있었다. 나도 힘을 내야만 한다!

아이는 내 삶의 강력한 원동력이었다. 조금만 더 힘내보자! 그렇게 며칠이 지나고, 몇 주가 지나자 신통한 두 다리는 무거운 몸뚱이를 목표한 곳까지 안전하게 모셔가고, 모셔서 오곤 했다. 발바닥이 땅에 닿는 감촉도 달라졌다. 흙, 나무, 아스팔트 그대로의 단단한 지면을 느낄 수 있었다.

'도서관 찍기' 프로젝트는 초여름에 시작해서 겨울까지 이어졌다. 한여름에 불룩하게 부푼 나무 기둥이 홀쭉하게 마르게 될 때 즈음 나는 제법 산책하듯 가볍게 걸을 수 있었다. 그해 겨울엔 나뭇잎이 다 떨어진 나무를 봐도 쓸쓸하지 않았다. 봄이 오면 다시 싹을 틔울 테니까. 그 순리가 그렇게도 든든할 수 없었다.

'곧 봄이 올 거야. 다시 잎도 돋아나고 꽃도 피어나겠지. 이

겨울 씩씩하게 버텨줘!'

불안해하거나 초조해한다고 봄이 불쑥 서둘러 오지 않을 테니까.

평범한 일상을 다시 찾기까지 그렇게 수많은 발자국이 필요했다. 두 다리가, 땀을 한 바가지 쏟아내며 버틴 정수리가, 내가 그렇게 기특할 수가 없었다.

지금 여기, 나마스테

이젠 요가다!

Y시에 살면서 3년 정도 요가를 했었다. 아이가 유치원에 가던 그때부터 요가원에 다녔다. 선생님 혼자 운영하시던 작은 요가원이었다. 문을 열면 거기에 달린 작은 종이 울리고, 난로에서 끓고 있는 히비스커스 차 향이 향긋하게 올라왔다.

"나는 결혼 생각이 없어서 예, 내 몸을 음청스레 챙깁니다. 하하."

부산에서 온 요가 선생님은 장어즙을 들고 쪽쪽 마시면서 우리에게 차를 건네주셨다. 어깨에 닿을락 말락한 머리를 레게펌으로 풍성하게 부풀리고, 탱크톱 위에 야자수가 가득한 헐렁한 셔츠를 입고 계셨다. 장어즙을 다 마시면 그 셔츠를

훌렁 벗고 조금 높은 단상 위로 담담하게 걸어가선 가부좌 자세로 눈을 감고 요가를 시작하셨다. 쉿. 모두가 몸에 집중하는 시간에 저절로 빠져들었다. 자유롭고도 절제된 에너지가 가득했다. 수련을 마치면 히비스커스 향기가 밴 공간에 사람들의 땀이 슬며시 스며들었다.

코끝에 달콤한 향이 가시기 전에 카페로 가서 아메리카노를 주문했다. 땀이 식으면서 서늘해진 몸을 다시 한 번 커피가 감싸주었다. 그 온기를 이불 삼아 덮고 책을 펼쳐 읽었다. 귀한 시간이었다. 에너지가 차오르는 것만 같았다. 크으, 이런 게 차크라지. 무념무상. 마음을 푹 놓고 그저 평화로웠다. 그 귀한 시간 덕분에 남편 없이 혼자 아이 키우는 걸 감당할 수 있었는지도 모르겠다.

다시, 그 시간이 필요했다. 몸이 따라줄지 말지 알 수 없었다. 수술, 항암, 방사선까지 마쳤다. 1년간 맞을 주사만 남았다. 암을 없애는 대신 혹독한 대가를 치렀다. 몸은 폐허가 됐다. 되살리는 건 온전히 내 몫이었다. 다음 날 바로 요가원에 등록했다. 조도를 낮춘 노란 조명 아래 아로마 스틱이 가느다란 연기가 되어 피어오르며 향을 퍼뜨리고 있었다. 넓은 수련원이 곧 요기니로 꽉 찼다. 다들 오래 다닌 듯 익숙해 보였다. 그리고 머리카락 한 올 빠짐없이 싹 빗어 넘겨 단단하게 올려 묶은 요가 선생님이 들어오셨다. 총총총. 발끝을 살짝 든 발걸음에서 아무 소리도 들리지 않았다.

"가부좌하고 편하게 앉아, 엄지와 검지를 동그랗게 붙여 무릎 위에 올려놓습니다."

잔잔한 음악이 흘러나왔다. 요가를 하러 온 게 실감이 났다. 아이와 한 시도 떨어지지 않고 지내는 건 솔직히 말해서 너무 힘들었다. 아이를 유치원에 보내고 혼자 요가를 하러 간 첫날, 얼마나 짜릿하던지! 이젠 아이와 조금이라도 더 같이 살고 싶은 마음으로 왔다. 우리 아들 군대 가는 건 볼 수 있을까. 생각이 멈출 줄 모르고 감정이 울컥한다.

"많은 생각들을 내려놓습니다. 둥둥 떠다니는 생각들을 흘려보내세요. 고민과 잡념은 실체가 아닙니다. 지금, 여기 내 호흡에만 집중해보세요."

아이고, 깜짝이야. 실눈을 뜨고 선생님이 나를 보고 계신지 봤다. 평온하게 눈을 감고 입술만 조금씩 움직이는 선생님을 보고 다시 눈을 감았다. 그래, 난 숨을 쉬고 있다! 지금, 여기 요가에만 집중해보자. 코를 통과한 숨이 쓰윽 들어와 내쉬기도 전에 흩어져버린다. 깊은 숨을 호흡하는 게 이렇게 어려운 일이었나. 어리둥절한 상태에서 매트 위로 일어섰다.

두 팔을 위로 뻗으며 태양 경배 자세를 시작했다. 먹색 매트 위에 분홍, 검정, 초록, 노란색의 요가복이 생명력 넘치게 꿈틀댔다. 풀잎처럼 싱그러웠다. 풀잎들 사이에 쭉정이 하나가 있었다. 바로 나다. 머리 위로 뻗은 손이 찌릿찌릿 저려서 팔을 곧게 펴지 못하고 엉거주춤 올렸다가 내렸다.

"욕심내지 말아요. 비교할 필요도 없어요. 불필요한 힘을 빼고 내 몸이 얼마만큼 허락하는지 귀 기울여주세요. 할 수 있는 만큼만 해도 충분한 수련이 된답니다."

수련하는 내내 옆, 앞 사람과 나를 비교했다. 눈 뜨고 다 보이는데 비교를 어떻게 안 할까! 예전과는 현저히 다른 나의 몸에 자신감을 잃었다. 거울에 비친 짧은 머리에 통통한 몸도 마음에 안 들었다. 다른 사람들이 쉽게 몸을 뻗거나 구부리며 동작을 취하는 모습을 보자 열등감이 쌓여갔다. '그렇게 하기 싫으면 안 하면 되잖아?' 결국 남은 금액을 환불받고 그만뒀다. 꼭 해야만 하는 것도 아닌데 집착하는 것도 나쁜 거라고 합리화하면서. 집에서 유튜브 보면서 해도 그만이니까. 틀린 말도 아니었다.

하필 스타벅스 건물에 요가원이 있었다. 커피를 마시러 갈 때마다 생각났다. '요가가 싫어진 게 아니라 초라한 내 모습을 들키고 싶지 않은 거잖아. 솔직해져 봐. 요가, 하고 싶잖아?' 따뜻한 아메리카노가 식을 때까지 까만 커피를 거울삼아 계속 들여다보며 곱씹었다. 일단 해보자. 그 마음이 이겼다.

　나는 엘리베이터를 타고 올라가 다시 요가 등록을 했다. 요가 선생님 가라사대. 남들처럼 똑같은 자세가 나오지 않아도 상관없다고 했잖아. 그것만 기억하자. 내가 할 수 있는 만큼만 해도 충분한 수련이 된다고 했잖아. 명언은 행동할 때 빛나는 법. 딱 그 마음으로 요가를 즐겨보기로 했다. 내게 필요한 만큼 에너지가 채워지겠지.

　다음 날, 다시 수련을 시작했다. 발끝을 들고 총총총 걸어오는 선생님을 보며 가부좌를 틀고 눈을 감았다. 어디선가 바람이 불어오는 것처럼 마음이 시원해졌다. 나를 보자.

　무엇보다 우선. 지금 여기 나에게 나마스테!

2부

당연하지
않기로

엄마를 죽이는 아들

항암 치료 중에 맞는 생일은 특별했다. 생일 케이크에 초를 켜고 앞으로 이렇게 백 번만 더 켜자 하면서 가족들의 축하를 받고 있을 때 전화벨이 울렸다. 외할머니의 임종 소식이었다. 박수와 웃음소리가 희미해졌다. 할머니는 그렇게 내 생일날 돌아가셨다. 우리는 서둘러 자리를 마무리하고 각자 집으로 돌아가 장례식장에 갈 준비를 하기로 했다.

일곱 살 아이는 케이크가 냉장고에 안전하게 들어가는지 지켜보면서 셔츠와 바지를 주섬주섬 입었다. 그 길로 바로 장례식장으로 향했다. 아이가 복숭아 할머니라고 부르며 좋아했던 할머니가 커다란 영정사진 속에 있었고, 그 둘레는 꽃으로 장식되어 있었다. 아이는 엄마를 통해 이름도 어려운 숙부님이니, 당숙 할아버지라는 사람들을 소개받으며 꾸벅꾸벅 인사하느라 나름 바빴다. 새로 사람이 올 때마다 커다란 상에 밥과 국, 전과 같이 맛있는 음식이 촤라락 차려지는 것을 보면서 아이는 슬그머니 내 귀를 잡아당겨 물었다.

'복숭아 할머니 하늘나라 갔다며, 근데 왜 생일파티를 해?'

아이가 장례식을 처음 경험한 날이었다. 나뭇가지처럼 뻗어나간 할머니의 가족들이 모여 웃다, 울다 하는 조금 이상한 날. 이렇게 많은 사람을 불러 모은 할머니는 사진 속에서 웃고만 있는 정말 이상한 날이었다. 떡과 편육을 집어 먹고 사이다도 종일 마실 수 있는 날. 처음 만난 먼 친척 또래들과 어색하게 장난을 치면서 어리둥절하면서 재밌기도 했던 날로 기억했을 것이다. 집으로 돌아오는 길에 아이가 중요한 게 떠올랐다는 듯이 내게 물었다.

"엄마. 복숭아 할머니는 이제 없어? 하늘나라에 갔다고?"

이상하게도 그 질문에 잔잔한 물결이 치듯 마음이 출렁거렸다. 죽는다는 건 대체 뭘까. 죽으면 어떻게 될까. 탄금호의 잔잔한 물결이 햇빛에 반짝거렸다.

아이는 어떤 동화책에서 사람이 죽으면 별이 되는 이야기를 본 적이 있다고 했다. 복숭아 할머니도 곧 별이 되느냐고 물었다. 무지개를 타고 가 별이 된다고 했는데, 아직 무지개가 오지 않았는데 어떻게 하냐고 걱정 어린 얼굴로 물었다.

그러다 갑자기 묻는다.

"엄마도 죽는 거야? 나는 엄마가 별 되는 거 싫어! 옆에 있는 엄마가 더 좋아! 별따위 필요 없어!"

아이의 눈 속에 내가 가득 차 있었다. 곧 내 얼굴은 사라지고 눈물이 차올랐다.

"비밀인데 엄마는 안 죽어! 엄마는 사실 천사야. 봐봐. 천사처럼 예쁘지 않아? 아이언 맨처럼 힘도 세고 말이야!"

아이의 눈에 맺힌 눈물이 쏙 들어갔다. 고개를 갸우뚱했다. 천사처럼 예쁜 엄마란 말 때문이었는지, 안 죽는다는 말때문이었는지 모르겠다.

"정말? 엄마는 안 죽어?"

그러게 말이다. 안 죽고 싶다. 적어도 지금은. 아이가 엄마의 죽음을 지켜보지 않았으면 좋겠다. 더 자라서 심지가 단단하게 뿌리내리고 나서 겪으면 좋겠다. 그렇게 삶이 계단처럼 차례차례 올라가다, 내려가면 얼마나 좋을까. 운명은 완벽하게 내 편이 되어줄까?

그렇게 엄마가 죽는 게 싫다는 아이가 지금까지 나를 몇백 번 죽였다, 살렸다. '죽음'을 일상 한 가운데로 끌고 와 노는 아이들. 인간은 두려운 것을 터부시하고 욕망하는 것은 금기시한다는 글을 읽은 적이 있다. 그래서 그런가? '총', '칼', '병원' 같은 웃지 못할 것들이 버젓이 장난감 세트로 만들어져 섬뜩하고도 재밌는 놀이를 만드나 보다.

나는 오늘도 전쟁에서, 병원에서 죽었다 살아났다.

아이와 입으로 챙, 챙 소리 내며 칼싸움하다가 억! 하고 내가 쓰러졌다. 아이는 삐뽀삐뽀 하고 병원으로 나를 데리고 가더니, 콩순이 주사를 백 대쯤 놓고는 살았네요! 하고 의사가 되어 선언했다. (칼싸움과 병원이 공존하는 아방가르드한 시대다.) 내가 눈을 가늘게 뜨고 "병사 아니었어?" 하면 지금은 의사란다. 그러면 다시 벌떡 일어나 놀았다. 그렇게 아들과의 놀이는 전개됐다. 그런데 왜 나만 죽지? 억울했다. 그날도 챙, 챙, 챙 하고 억! 하고 누웠다가 "맞다. 엄마 안 죽잖아!"를 외치면서 일어났다. 묘하게 짜릿했다. 그래서 전쟁놀이를 할 때마다 그렇게 했다. 아이는 그때마다 초승달 같은 눈을 하고 바닥을 뒹굴며 웃었다. 그리곤 덧붙였다.

"아니에요. 죽으세요. 엄마도 죽잖아. 엄마 죽어요!"

깔깔깔. 이런, 엄마를 죽이는 아들이라니. 비극이 놀이가 되는 건 참 좋은 거구나 하는 생각이 들었다. 언제든 해피엔딩, 우리는 열 번도 더 죽었다 살아날 수 있으니 말이다.

생일날과 장례식이 비슷한 것처럼 삶과 죽음은 닮아 있다. 내 마음대로 그날을 정할 수 없다는 것. 그것마저. 우물쭈물하며 보낼 시간이 없을지도 모르겠다.

그렇게 우물쭈물하다가 나는 암을 만났다. 그런 병은 남

일이라고 생각하며 말이다. 어떻게 살아야 할지, 무엇을 채워

가며 살아갈지 오늘은 그걸 생각해봐야지. 당신은 어떤 삶을

꿈꾸고 있는지…?

보험만 있으면 될까

남편이 결혼 전 어렵게 이야기를 꺼냈다. 부모님이 신혼집을 못 해주실 것 같다고 말이다. 이런 철딱서니 없는 남자가 다 있나 싶었다. 남편과 나, 우리 둘 다 대학 때부터 용돈은 스스로 벌어 썼다. 나름의 사정이 있어서 그렇기도 했지만 스무 살, 성인이 되었으니 그 정도는 당연한 거라고 생각했다. 대학 졸업 때까지 등록금 내주셨으면 됐지. 우리 둘 다 경제활동하는 성인인데 그런 건 기대하지 말자고 했다. 더군다나 우리가 살게 될 도시는 지방이라 집값도 수도권에 비해 저렴한 편이었다. 남편과 나는 그동안 조금씩 모아온 돈으로 임대 아파트와 살림살이를 장만했다.

결혼 후, 작은 임대아파트에서 살림을 시작한 우리에게도 아이가 생겼고 세 식구가 됐다. 결혼은 반전의 연속이었다. 우선, 남편이 본사로 복귀하는 시점이 늦어졌다. 복귀는커녕 지방을 여럿 거쳐 해외로 나가게 됐다. 지방 소도시에는 내가 하던 일을 할 만한 곳이 없었다. 직업군이 수도권처럼 다양하지도 않았고, 새로운 일을 구하는 것도 어려웠다. 결혼 후 야금야금 들어가던 시아버지의 병원비는 가계 지출의 상당 부분을 차지하기도 했다. 그래도 가난하다고 생각한 적은 없었다. 우린 아직 젊기에, 괜찮은 미래가 있기에, 희망을 품었다.

남편의 해외 근무가 생각보다 길어지면서 지방 생활을 청산하기로 했다. 수도권에 집을 장만하자 통장은 텅 비었다. 그래도 괜찮았다. 돈도 내 경력도 다시 차곡차곡 채울 생각에 의욕이 팍팍 솟았다. 그 타이밍에 암이라니, 말도 안 될 일이었다. 장기 계획에 찬물을 옴팡 뒤집어쓰고 나는 그렇게 한 번도 상상해보지 못한 암 환자가 되었다.

통장을 살피다 내가 과연 치료비를 감당할 수 있을까 싶어 덜컥 겁이 났다. 천만다행, 보험이 생각났다. 진단받기 3년 전쯤 가입해둔 보험이 있었다. 그때 알았다. 보험 설계사가 아무리 친절해도 돈은 보험 설계사가 주는 게 아니라는 것을. 그렇다면 누가…?

보험사에 진단비 신청을 하고 한숨 돌리려던 찰나, 보험사에서 실사를 나온다고 했다. 알음알음 아는 사람들과 만든

계도 아니고 의심할 이유가 없었다. 3개월도 아닌 3년을 꼬박 꼬박 보험비를 냈다. 그 사이 펑크 한 번 낸 적 없었다. 신속 정확한데다 다정하기까지 한 광고와 상당한 이질감을 느끼 면서도 필요한 절차려니 생각했다. 어쨌든 확인은 해야 할 테 니까.

그런데 점점 불쾌하고 찜찜해졌다. 서류상에 거짓으로 기 재한 것은 없는지(이제 와서?) 묻더니, 정말 암인 거 모르고 가입했냐고 결정타를 날렸다. 3년 전부터 내가 암에 걸릴 걸 알았으면 로또 번호를 맞추지! 보험사는 암이 내 몸에 없었 다는 것, 그 징후도 없었다는 것을 스스로 증명해야 한다고 했다. 그게 말이 되느냐고 따졌지만 그들은 말이 되는 것처 럼 말했다. 그리고는 우리 집에 손해 사정인을 보냈다.

"병원에 가게 된 계기는요? 증상은 언제부터 있으셨죠?"

언제 암이 생겼는지 가장 궁금한 사람이 바로 나다. 근데 대체 어떻게 알게 됐냐고? 꿈에도 생각 못 했다면서 어떻게 발견했냐고?

암을 발견하게 된 건 계획에 없던 건강검진 덕분이었다. 남 편은 해마다 건강검진을 받고 있었다. 그러다 그해, 해외에 장기 출장을 가 있던 남편에게 그대로 해외 발령이 났다. 갑 작스러운 발령 사이에 조금 긴 휴가가 생겼다. 갑자기 애틋해 진 부부는 건강검진을 핑계로 데이트할 구실을 만들었다. 그렇게 부부사기단이 결성됐다. "엄마, 회사에서 부부 건강검진을 받으라는데 하루만 아기 봐줄 수 있어?" 친정에 결재를 올리고 곧 수락이 떨어졌다. 나는 아이를 데리고 신나게 친정으로 올라왔다. 공항에서 견우와 직녀처럼 상봉한 우리는 결연했다. 내시경 때문에 하루를 쫄쫄 굶어도 부부사기단은 그저 신났다. 맛집 리스트를 찾아두고 영화를 예매했다. 이게 얼마 만이냐 싶어 마냥 들떠 있었다. 젊은 나나 남편에게 어떤 큰 질병이 있을 거라고는 눈곱만큼도 예상하지 않았다. 건강검진센터에서 결과지를 발송하기 전에 내게 전화해서 추가 검사를 꼭 받으라고 해도. 동네 외과 병원에 내원하자마자 총으로 빵! 쏘는 검사를 해도. 그 병원에서 '보호자'와 꼭 같이 오라는 전화를 받으면서도 상상도 못 했다. 친절한 매뉴얼이라고만 생각했다.

기껏해야 양성이겠지 싶었다. 양성은 보통 맘모톰으로 제거한다던데. 아! 추석 때 시가에 안 가도 되겠다! 하면서 또 신이 났다. 가벼운 병으로 입원하는 건 독박 육아하는 엄마에게 휴가 아니던가! 이건 일타쌍피였다!

혹시 불순한 의도가 불러온 나비효과인가! 나도 제정신이 아니었다. 손해 사정인에게 차를 대충 내어주는데 그가 물었다.

"건강검진은 왜 받으신 거죠?"

이 사람도 제정신은 아닌 듯했다. 같은 질문을 형식만 바꾸어서 계속 물었다. 말끝마다 '유감입니다만'을 되풀이했다. 이 사람 설마 siri? 아니다. siri랑 이야기하는 게 더 나을 듯했다. 결국 나는 폭발하고 말았다.

"매번 이런 식이세요?"

그는 '유감입니다만'이라고만 했다. 그와의 대화는 점점 얼어붙었다. 이상한 분위기를 감지한 아이가 다른 방에서 놀고 있다가 엄마아- 하고 달려와 품에 안겼다. 그때 퍼뜩 생각이 났다.

"아, 있네요! 암이 아니었다는 증거!"

모유 수유 때 젖몸살을 앓았었는데 통증이 가시지 않아 병원에 갔던 게 떠올랐다. 모유가 남아 일시적으로 생긴 덩어리 같은 게 신경을 눌러서 생긴 통증이라고 했다. 바늘로 어떤 처치를 했던 거 같고 거짓말처럼 통증이 사라졌던 게 기억났다. 보험금을 타려면 기억력이 좋아야 한다! 마침내 조사의 실마리를 찾았다는 듯 손해사정인은 그 병원은 물론, 그 기간 동안 다른 병원에 다녀간 모든 진료기록을 조회하겠다는 서류에 사인을 받고 자리를 떴다.

도도하게 사라지는 그의 뒤통수를 보면서 나만 이런 일을 겪는 건 아닐지도 모르겠다는 생각이 퍼뜩 스쳤다. 나는 그

날 밤, 금융감독원 홈페이지에 접속했다. 그리고 그곳에서
무수한 이야기가 펼쳐지고 있었다.

여전히 암은 남의 일일까

병원 기록을 조회하겠다는 보험사는 그러고도 감감무소식이었다. 지급 문의를 하면 말도 안 되는 이유를 대면서 차일피일 미뤘다. 나는 금융감독위원회에 보험사의 진단비 지급 거부 및 지연에 대한 민원을 넣었다. 보험사에는 금융감독위원회에 올린 글과 기록 내용을 전달했다. 그렇게 얼굴이 붉으락푸르락해진 뒤에야 겨우 보험금을 받을 수 있었다.

한 시사프로그램에서 암 진단비 청구를 의뢰할 때 일어나는 일을 다룬 적이 있었다. 보험사에서 지정한 병원에서 재검을 받았다가, 질병 코드가 바뀌어 진단비를 받지 못하거나 일부만 받은 사례들이 나왔다. 상급 병원에서도 수술 후에 최종 병기를 결정한다. 검사만으로 정확한 결과를 알 수 없다는 걸 보험사가 모르지 않을 것이다. 혹시 상피내암과 일반 암의 경계가 의심되는 거라면 (그에 따라 지급 금액이 달라진다) 수술 후 보험금 청구를 요구하면 되는 게 아닌가.

긴긴 시간이 걸려 어렵게 보험금을 받았다. 집이나 땅을 팔거나(팔 땅 없음 주의) 혹은 전 재산을 처분하지 않고도 병원비를 감당할 수 있게 됐다. 그제야 마음이 놓였다. 치료비에 약간의 여윳돈이 생겨 평상시의 삶을 유지할 수 있었다. 먹거리나 생필품을 유기농으로 바꾸면서 엥겔지수가 정점을 찍게 되었지만, 아무튼 돈이 있기에 그런 생활도 유지가 가능했다. 암 환자가 생기는 건 순조롭게 돌아가는 저글링에 공 하나가 훅 추가되는 것과 같다. 보험금은 그래서 소중했다.

민간보험만으로 치료비와 생활비를 다 커버할 수 없었다. 우리나라에서 시행 중인 중증질환에 대한 산정특례 제도가 있어서 가능한 일이었다. 진단일로부터 5년간 병원비 급여 부분에서 5퍼센트만 부담하면 되기 때문에 환자의 비용 부담이 꽤 낮아진 셈이다.

3년 전쯤 암이란 걸 알게 되었다면 이야기는 또 달라졌을 거다. 나는 유방암 중에서도 호르몬 음성, 허투 양성의 암이었다. 허투 양성을 위한 표적 주사를 1주에 한 번, 1년간 맞았다. 표적주사는 탈모, 구토 같은 현상이 없고 표피성장인자의 빠른 공격성을 막아준다. 이 주사는 한동안 비급여 대상이었다. 비급여로 주사를 맞으면 1년에 보통 1억 원 정도의 비용이 든다고 했다. 내가 치료받던 시점을 기준으로 2~3년 전쯤 보험 대상(급여비 대상으로 전환)이 되어서 감사하게도 혜택을 받을 수 있었다. 그런데 2021년 말쯤, 신포괄수가제 항암 약품 급여 폐지와 관련하여 이 표적 주사가 비급여로 바뀐다는 걸 토막 뉴스로 알게 됐다. 비영리단체에서 이 안에 대하여 건의하고, 국민청원으로 목소리를 모아 다행히 비급여 전환이 철회되는 일도 있었다.

암 치료를 위한 신약은 계속 나오고 있다. 치료 과정에서 안전하고 확실한 효과가 있을 때만 표준 치료제로 쓰인다. 표적치료제는 이미 안정성과 효과가 모두 검증이 됐다. 그런데 공청회 한 번 열지 않고 비급여로 돌리려고 했다는 것은 납득하기 어려운 일이다.

매해 암 환자가 늘어난다. 젊은 암 환자의 비율도 높아지고 있다. 암 관련 기사 아래 달린 댓글을 보면 때때로 마음이 서늘해진다. 죽을 사람이 제때 안 죽어서 이렇게 고령화가 되어가는 것 아니냐는 글이 제법 많다. 감기 한 번 안 걸려서 병원도 안 가는데 왜 의료보험을 떼 가는지 억울하다, 건강관리 안 해서 병 걸린 사람들 병원비를 대신 내주는 기분이다 등…. 그렇게 생각할 수도 있다. 나에게도 역시, 암은 '남의 일'이었다. 그런데 세상은 달라졌다. 우리의 생명은 길게 늘어나는 인절미를 닮아가고 있다. 질병을 치료하는 기술이 있다면 그 기술을 골고루 나눌 방법에도 머리를 맞대야 하지 않을까. 암이 여전히 남의 일이라고? 만약 큰 병에 걸리지 않더라도 노화까지 피해가긴 어려운 일이다.

암도 그렇지만 희소병, 난치병 환자에게 여전히 막대한 치료비가 필요한 걸 보면 중증 환자를 위한 지금의 제도는 한계가 있어 보인다. 누군가에겐 보험이 필요하지 않을 정도로 충분한 재산이 있겠지만, 따로 민간보험을 매달 납부하는 게 어려운 사람이 더 많을 것이다. 게다가 민간보험을 동아줄로 쓰기엔 가끔 아슬아슬한 기분이 든다. 나의 경우처럼 말이다. 꼼수 없는 든든한 국민건강보험으로 누구나 마음 놓고 치료받을 수 있는 세상이면 좋겠다.

미국에서 온 친구가 우리나라의 의료보험을 보고 언빌리버블! 하고 감탄하던 얼굴이 떠오른다. 실패한 미국보다 낫다고 말이다. 여기서 멈추지 말고 제발 우리의 영리한 제도를 이런 데 써보자. 이제 케이 부심을 이런 데서 느껴보고 싶다.

건강하기만 하면 될까

"건강하기만 하면 됐지, 뭐."

이런 말을 자주 했던 것 같다. 건강하기만 하면 무슨 일이든 해결할 수 있다는 생각이 긍정적인 태도라고 생각했다. 건강이 기본 중의 기본이라는 생각이 깔려 있었다. 건강하지 않으면 불행한 건 어쩔 수 없는 일이라고 생각했다. 나이 드는 건 아직 와 닿지 않았던 시절이었다. 무엇이든 앞당겨 고민할 필요가 없는 일들이었다.

결혼 1년 뒤, 아기가 생겨 세 식구가 되었다. 아이가 서너 살이 되던 해, 남편 회사의 지방 발령 때문에 Y시로 급하게 집을 옮겨야 했다. 그때만 해도 Y시에는 부동산이 거의 없었는데 차만 쌩쌩 달릴 것 같은 도로 한편에 서 있는 부동산 하나가 보였다. 마침 그 부동산에 전세로 나온 아파트가 있었다. 집주인은 부동산 중개인에게 대리 계약을 위임해 놓은 상태라고 했다. 워낙 부유한 사업가라 걱정할 필요가 없다는 중개인의 말을 철석같이 믿었다. 정말 다행이다, 우리는 운이 좋다고, 한시름 놓으면서 계약을 했다.

이사하고 얼마 지나지 않아 아파트 전체가 보일러 교체 공사로 분주했다. 아파트 관리사무소에서 우리 집만 신청을 안 했다고 독촉이 왔다. 집주인에게 연락을 했지만 도통 전화 연결이 되지 않았다. 그때라도 눈치 챘어야 했는데….

아이와 신나게 놀고 들어오는 길이었다. 아직도 흥이 남은 아이가 폴짝폴짝 뛰면서 앞서가 우편함에 꽂힌 편지를 까치발을 하고서 꺼냈다. 이제 손이 닿는다고 득의양양한 아이와 함께 흐뭇하게 웃으면서 집에 올라왔다. 그래, 어디서 왔지? 법원? 에헤, 이런. 남편이 과속했나 싶었다. 음, 그런데 빨간 글씨가 사뭇 근엄해 보였다. 갸우뚱하며 봉투를 열었다. 반듯반듯하게 접힌 종이를 펼쳐 읽어 내려가면서 미처 다 펼쳐지지 않은 종이가 바들바들 떨리기 시작했다.

중간 중간 한자어가 남발했다. '뭐라는 거야? 중요할수록 이해하기 쉽게 써야 하는 거 아니야?' 근저당이 어쩌고 별제권이 어쩌고. 그러니까 집주인이 이 아파트를 사면서 받은 대출이 많은데, 이자도 제때 납부하지 않는 등의 이유로 이 집이 경매로 넘어간다는 거였다. 예고도 아니고 통보였다. 알고 보니 집주인은 Y시의 아파트 여러 채를 이런 식으로 사서 모두 경매로 넘기고 잠적한 상태였다. 집주인에게는 여러 번 경고했는지 모르겠지만 나는 금시초문이었다. 부동산 중개인을 통해 계약했고 전입신고, 확정일자도 다 받아두었는데 이런 일이 어떻게 가능하지? 심장이 두근두근 떨렸다. 이 소식을 들은 남편은 얼굴이 하얗게 질려서 일찍 퇴근했다. 그 사이 마음을 추스른 내가 남편을 달랬다. 바로, 이렇게 말하면서 말이다.

"괜찮아. 우리 둘 다 건강한데 뭐가 걱정이야. 건강하기만 하면 됐지 뭐."

차근차근 계획을 세웠다.

1. 공인중개사를 만나. 따져. → 공인중개사는 책임이 없다는 서류만 들고 나왔다.

2. 법무사를 만나. 자문해. → 법무사는 채무자 집주인의 숨은 재산을 찾아주겠다고 했다. 찾으면 우리 앞으로 우선변제할 것을 신청하면 된다고 했다. 그런데 경매일이 코앞으로 다가올 때까지 법무사는 이렇다 할 결과물 하나 보여주지 못했다. 조사비만 허무하게 나가고 있었다.

3. 마지막, 우리가 이 집을 경매 받아! → 지금으로선 여기에 희망을 끌어 모아 배팅하는 게 최고처럼 보였다!

절망 앞에 좌절 대신 희망을 꿈꾸는 어리숙한 부부에게 행운이 깃들 줄 알았다. 그래야 스토리가 자연스럽지 않을까? 그러나 행운은 우리에게 눈길도 주지 않고 지나갔다. 귀와 목과 양 팔목, 손가락까지 어디 하나 빠트리지 않고 금붙이를 주렁주렁 휘두른 50대 중년의 아주머니께서 전혀 예상하지 못한 경매 금액을 쓰셨고, 결국 우리 집은 그분께 낙찰되었다. 설마, 3년 뒤에 있을 엑스포를 예상하신 건가? 아무튼 3번 계획도 처참하게 실패했다. 황금을 돌처럼 보는 아주머께 그 금액을 드릴 테니 우리에게 양도해주실 수 없나, 그런 말도 안 되는 사정을 해보기도 했다. 될 리가 있겠나….

쫓겨나는 마당에(?) 우리가 해야 할 행정 절차가 남아 있었다. 경매과에 문의하러 갔다. 다들 턱짓으로만 이리 가랬다, 저리 가랬다 하는 바람에 핑퐁처럼 이리저리로 튕겨 나갔다. 반나절 만에 혼이 쏙 빠져나갔다.

그날 저녁 남편과 치킨과 맥주를 두고 마주 앉았다. 치킨 한 조각 들고 신중하게 살을 발라먹고 있는 아이를 보면서 거의 동시에 말했다. 솟아날 구멍이 있겠지? 그럼, 우린 건강하니까! 맥주잔을 힘차게 부딪치고 내려놓은 맥주잔에서 뽀글뽀글 기포가 피어올랐다.

그로부터 2년 뒤, 나는 암 진단을 받았다. 마땅한 위로가 떠오르지 않았다. '내 아이가 아프지 않아서 다행이다, 따져

보면 우리 가족 중 내가 아픈 게 제일 나아' 나 스스로 그걸 위로라고 했다. 그래야만 힘을 낼 수 있을 것 같았다.

남 일이 내 일이 됐다. 건강을 잃은 절망감을 다룰 줄 몰랐다. 큰 병을 수용하기까지 시간이 걸리는 건 당연했다. 하지만 건강이 가장 중요하다는 생각이 나를 오랫동안 지배했다. '건강하거나' '건강하지 않거나'를 흑백처럼 명확하게 나누어 생각해왔다. 그 사이에서 잘 살아갈 방법을 고민할 엄두도 못 냈다. 나의 존엄성에 건강이 영향을 미치지 않는다는 걸, 최근에야 깨달았다.

이제는 건강하기만 하면 됐지 뭐, 같은 말은 절대로 하지 않는다. 긍정적인 말처럼 들리지만 그 말이 사실은 누군가의 절망을 위안 삼고 있다는 것을 알았다. 더 절망적인 상황에 나를 넣어놓고 지금의 절망을 가볍게 만드는 건 금방 설득력을 잃는 말이다. 이제 그런 식으로 말하는 건 폭력이라는 생각마저 든다.

건강을 잃었다. 그뿐이다. 잃었으니 다시 찾아보지 뭐. 거기까지! 쓸데없는 비교는 하지 말자. 위로도 합리화도 이상한 비교는 이제 그만 안녕.

위로의 정석

아이가 겨우 여섯 살, 내 몸에서 암을 발견했다. 내 전략은 아이가 이해할 수 있을 만큼만 설명하자는 것이었다. 우연히 발견한 《미용실에 간 사자 루까》는 큰 도움이 됐다. 머리카락이 없어지는 이유를 설명하니 됐다 싶었다. 치료하면서 많이 힘들 땐 엄마, 감기 걸렸나 봐, 하면서 넘어갔다.

머리카락이 듬성듬성 빠지기 시작한 날 미용실에서 머리카락을 완전히 밀고 왔다. 아이 앞에 떨리는 마음으로 섰다. 아이가 보고 놀라면 어떡하나 싶었다. 내가 환호하며 모자를 휙 벗자, 아이는 더 환호하며 달려왔다. 아이는 만질만질해진 내 머리를 덥석 안고 뽀뽀를 퍼부었다. 내 머리를 껴안고 손으로 쓰다듬었다. 다행이다. 아이가 괜찮다는 걸 확인하고 화장실에 들어가 샤워를 하려고 옷을 벗었다. 샤워기를 틀어놓고 꺼억꺼억 울었다. 샤워기를 틀어놓고 한참을 그대로 서 있었다. 흐윽흐윽. 비누로 세수를 하고 머리를 감으려고 샴푸를 펌핑 하려다 잠깐, 그럴 필요가 있나? 비누칠한 손을 뒤통수까지 쓰윽 문지르고 내려왔다. 그 순간 이거 되게 편하네, 싶었다. 머리카락 하나 없을 뿐인데 샤워가 금방 끝났다. 웃음이 났다. 거울에 비친 알전구 같은 머리를 보고 이젠 웃을 수 있었다.

이 알전구는 신통하게도 친환경 1등급이었다. 머리 말릴 일도 없고 바닥에 떨어진 머리카락을 치울 일도 없었다. 샴푸나 트리트먼트도 필요 없었다.

나도 아이도 그럭저럭 잘 지냈다. 이순신 장군이 죽음을 알리지 말라고 한 이유가 역시 있었다. 내가 아픈 걸 아이에게 알리라는 사람들이 있었다. 엄마가 아프다는 걸 알고 의사가 되기로 결심하기도 하고 일찍 철들어서 말도 잘 들을 거라고 했다. 나중에는 효도할 거라고도 했다. 아픈 대신 얻는 게 있을 거라는 뜻이었다. 물론 나를 위로하는 말인 걸 알았지만 조금도 위로가 되지 않았다.

병을 앓는 대신 얻게 되는 무언가가 분명히 있을 거라고 기대하는 건 희망적인 걸까? 내 질병에 어떤 의미나 이득을 부여하려고 하면 할수록 내 고통은 더 납작해지기만 했다. 내가 아프다고 아이에게 그런 부채감을 줘야 할 이유도 못 느꼈다. 그런 식으로 아이 인생을 몰아갈 순 없었다. 게다가 아이의 꿈은 따로 있었다. (당시 아이의 꿈은 유치원 버스 기사님이었다. 그것도 코끼리 버스의 기사님이란다. 차 이름까지 정해둔 아이에게 의사라니.)

별거 아니라고 말하는 것도 전혀 달갑지 않았다. "요즘 암은 웬만하면 다 나아" 하면서 괜찮다고 말해줘도 괜찮지 않았다. 니들이 게 맛을 알아? 하던 광고처럼 해보지도 않았으면서 뭘 알아! 한 방 던지고 싶었다. 별거 아닌 이 병이 요즘은 세 명 중 한 명이라는데… 라고 하면 슈렉이 왔나 싶게 상대의 얼굴색이 싹 변했다. 그 모습을 보는 내 마음도 썩었다.

당시 아홉 살 된 조카가 나를 위해 만들어준 책이 있었다. 책은 '이모가 암을 낫는 법', '암을 이겨낸 이모', 이렇게 두 챕터로 이루어져 있다.

책에서는 내가 먹어야 할 음식과 먹지 말아야 할 음식 그리고 운동을 강조하고 있었다. 탐스러운 브로콜리, 역기 같은 아령을 이게 뭐라고, 하듯 들고 있는 그림들이 귀여웠다. 마이쭈나 피자 같은 걸 그려놓고 빨간 엑스를 그으면서 조카가 얼마나 내적 갈등을 겪었을까 싶어 웃음이 났다.

조카가 몸에 좋은 음식들을 그냥 알았을 리가 없다. 아이에게 물었더니 돌아온 대답이 뭉클했다. 암은 죽을지도 모르는 무서운 병이라고 해서 무서웠다고 했다. 이모를 잃고 싶지 않아서 유방암 백과사전을 꼼꼼히 읽고 인터넷도 검색하면서 병이 나을 방법을 찾았다고 했다. 이모는 무조건 나을 거라고 생각했단다. 예외 없는 진실처럼 확고했다. 이렇게 정성 들여 위로를 해줄 수 있을까. 그러나 조카는 "나 이런 거 만드는 거 좋아하잖아" 하면서 담백하게 말해줬다.

"다른 걱정하지 말고 생각도 하지 말고. 일단 아프지 마."

조카는 투병 중 가장 괴로운 건 아픈 거고 당장 해야 할 일이 무엇인지 명확히 알고 있었다. 내 묵주 아래는 항상 이 공책이 놓여 있었다. 매일매일 울고 웃으면서 보다 보면 브로콜리도 달았고, 솜이불처럼 무거운 몸을 이끌고 나가 걸을 수도 있었다. 그렇게 조카의 책이 내게 살아갈 힘을 줬다.

지금도 사는 게 팍팍하게 느껴질 때마다 그 노트를 펼쳐본다. 막막하고 힘들어도 멀리 보지 않고 지금 내가 할 수 있는 일을 덤덤하게 해볼 의지가 생긴다. 그 의미를 조카도 기억하고 있길 바랄 뿐이다. 그러니까 위로가 너무 먼 곳을 향해 있지 않았으면 좋겠다.

"지금 네가 어떤 마음일지 모르겠어. 그렇지만 언제나 네 곁에 있을게. 울고 싶을 때 울고 힘들다고 말할 때 가만히 들어줄게. 먹고 싶은 게 생각나면 제일 맛있는 걸로 사줄게. 그러니까 내가 하고 싶은 말은 변함없이 널 사랑한다는 말이야. 앞으로도 그럴 거고. 그러니 이 시간을 부디 견뎌줘!"

　힘내라는 말보다 백 배 힘이 나게 해줄 것이다. 그렇다면 꽤 괜찮은 위로 아닐까? 그것도 어렵다면 차라리 사과 한 봉지 주면서 후다닥 뒤돌아서자. 봉지 안에 든 사과 한 알, 한 알들이 당신이 건네고 싶은 위로를 충분하게 전해줄 테니.

슬기로운 투병 생활

내가 수술 받은 병원은 대형 쇼핑몰을 일부 옮겨 놓은 것처럼 생겼다. 쇼핑몰에는 제법 큰 서점이 있었다. 병원에 입점한 서점답게 건강 관련 책이 많았다. 암이 주먹만 한 글씨로 선명하게 새겨진 책들 앞에서 눈이 저절로 커졌다. 입원해 있는 동안 매일 서점에 내려와 최대한 많은 책들을 훑어볼 작정이었다. 암 환자들에게는 사기꾼이 많이 접근한다던데 열심히 읽고 정신 똑바로 차려야겠다고 마음을 다졌다.

'수술 필요 없다, 항암, 방사선은 몸에 독약을 들이붓는 것이다' 무심코 집어 든 책에서 발견한 이 문장은 나를 사로잡았다. 병원 서점에 현대의학을 싸잡아 비판하는 책이 버젓이 놓여 있다니! 이런 배짱 좋은 책이라면 덮어놓고 믿어도 될 것 같았다. 항암으로 몸이 더 상한다는 말은 많이 들어봤다. 찾아보면 내 몸을 더 건강하게 만들어서 암만 쏙 없어지게 하는 방법이 있을 것만 같았다. 어쩌면 머리카락 한 올 빠지는 일 없이 쥐도 새도 모르게 암이 나을지도 모른다. 그런 방법을 알려주는 책이 이렇게나 많다니!

그러나 읽을수록 알쏭달쏭해졌다. 그 옆의 책도, 다른 책도 마찬가지였다. 이런 부류의 책들은 현대의학을 비판한다는 것 빼고는 다 다른 이야기를 하고 있었다. 자연요법이라는 것이 말 그대로 자연계에 있는 물질을 응용하여 인체의 자연치유력을 증대시키는 치료법이기 때문에 다양한 방법이 거론되는 건 당연하다. 그런데 서로 상충되는 의견을 내놓는 건 다른 문제였다.

모두 채식을 주장하는 건 비슷했지만 한쪽에서는 녹즙을 먹으라 했고, 다른 쪽에서는 녹즙에 대해 또박또박 반박하며 생으로 통째 갈아먹으라고 했다. 생채소는 약해진 장에 안 좋다며 뭐든 데치거나 익혀 먹어야 한다는 주장도 있었다. 충분한 양의 비타민이나 미네랄을 음식으로 섭취하는 건 불가능하다면서 비타민제 복용을 권하는 책도 있었다. 비타민을 놓고 약이다, 건강식품이다 싸우는 책들이 있는가 하면, 제철 음식만 먹으면 된다는 책도 있었다.

소박한 제철 음식을 소개하는 책에서는 미슐랭 식당에서

볼 법한 푸드 스타일링을 보여주었다. 재료는 소박할지 모르지만 몇 시간을 푹 삶거나 말리거나 그 과정을 반복하는 조리법을 따라할 자신이 없었다. 페이지를 넘기자마자 입이 떡 벌어져 그만 닫아버리고 말았다. 그렇게 매 끼 정성들여 준비할 기운이 있을까? 아이를 키우면서? 만약 남편이 암에 걸렸다면 내가 그 음식들을 차려줬을까? 개량한복을 입고 넉넉한 웃음을 짓고 있는 그들이 말하는 것만 같았다. 음식은 정성이죠. 호호호. 하지만 저는요, 앞치마 입고 휘리릭 할 수 있는 요리가 필요하단 말이죠!

암 환자들의 고민은 비슷해 보였다. 유방암 카페에는 수술과 항암을 앞두고 고민하는 글이 많이 올라온다. 항암 치료를 하면 체력은 급격하게 떨어진다. 힘든 치료가 끝났다고 해서 나았다는 확신도 없다. 완치입니다! 이 말을 들으려면 최소 5년을 기다려야 한다. 몸에 어떤 통증이 생기면 혹시 전이나 재발은 아닐까 걱정이 된다. 치료 초반에 병원에서 수술과 항암을 받더라도 꽤 긴 시간을 불안과 싸우며 견뎌야 한다. 아무것도 하지 않을 때 불안감이 더 커지는 것처럼 몸에 좋다는 무언가를 먹거나 처치를 할 때 차라리 마음이 편한 건 당연하다.

그래서 환우들은 완치자의 경험담을 그냥 지나치지 못한다. 그들의 경험담은 환우들에겐 족보와 같다. 나 역시 그들이 무얼 먹고 무얼 했는지 저장해둔 북마크가 빼곡했다. 그들이 한 건 다해야 할 것만 같았다. '안' 하는 게 아니라 '못' 하는 상황일 땐 급속도로 마음이 초라해졌다.

점점 암 환자를 대상으로 한 고가의 에프터 케어 상품들이 많아지고 있다. 아픈 내 몸을 위해 자꾸자꾸 지갑을 열고 싶어진다. 이 정도도 못 쓰겠어? 돈 쓰고 몸이 좋아진다면야 아까울 게 없다. 그게 나를 위한 거고 가족을 위한 거 아니겠나 싶은 생각에 꽤 합리적인 소비라는 생각마저 든다. 암 환자 혹은 암 경험자를 겨냥한 마케팅에 그냥 넘어가게 되는 건 순식간이다.

서점에서 건져낸 건 하나도 없었다. 제자리였다. 꽉 막힌 도로 위를 벗어나려고 내비게이션을 아무리 검색해보아도 계속 새로 고침만 반복 중인 것 같았다. 답답한 마음에 병원 밖으로 나가 벤치에 앉았다.

삑-. 어린 아이의 신발에서 삑삑 소리가 났다. 병아리처럼 삐약삐약 돌아다니는 아이를 보자 그런 생각이 들었다. 그놈의 욕심이 문제구나. 좋다는 건 다 해야 직성이 풀리는 심보! 배부르면 음식 앞에서 도리도리 고개를 젓는 아이들에게 배워야 한다. 뷔페에서 욕심껏 먹다가 소화제를 찾는 어른(저요, 저), 아니 나랑 지금의 모습이 뭐가 다를까 싶었다. 더구나 의사나 각 분야의 전문가들도 일치를 이루지 못하는 의견에 흔들릴 필요가 있을까 싶었다.

　결국 내게 가장 필요한 것은 슬기로운 투병 생활이었다. 살짝, 그래서 무얼 했는지 기록해본다. 채소, 과일 적당히, 햇빛을 보며 걷는 산책. 그리고 한의원의 뜸(암 환자 보험 적용이 되서 저렴하답니다)을 꾸준히 받으러 다녔다. 마치 '공부가 가장 쉬웠어요'의 기술처럼 심심한 대답 같지만 역시 가장 중요한 것은 기본이 아닐까 싶다.

다가오거나, 멀어지거나

알다가도 모를 일이 있다. 인간관계도 예외는 아니다.

완치 판정을 받고 누구보다 기뻐해줄 거라고 생각한 친한 지인을 만나기로 한 날이었다. 늘 입버릇처럼 너 다 나으면, 우리 이거 하자, 저거 하자, 하면서 응원해주던 지인이 있었다. 그 언니와 이야기를 하면 상처에 새살이 솔솔 돋는 것처럼 기운이 났다. 완치에 대한 기쁨만큼 고마움이 컸다. 그 마음을 담아 꽃다발을 주문했다. 최대한 화사하고 예쁘게 해주세요, 하고. 솜사탕처럼 달콤한 향기가 나는 꽃다발을 품에 안고 약속 장소로 향했다. 그녀를 만나기 전 100미터 전. 콧노래를 흥얼거리며 카페에 도착했다. 그러나 카페에 마주 앉은 그녀의 얼굴은 내가 상상한 얼굴이 아니었다. 내내 표정이 뚱하기도 했고 딴생각을 하는 것 같기도 했다. 무슨 일이 있나 싶었다. 늘 두 손으로 내 손을 감싸 잡아주던 언니가 오늘은 등을 의자에 기대 꼿꼿이 기대어만 앉아 있었다. "이제 갈까?" 하고 일어날 때까지.

주섬주섬 자리를 정리하면서 언니는 마지못한 손길로 꽃 다발을 집어 들었다. 일어나면서 그녀는 목까지 차오른 말을 내뱉는 것처럼 불쑥 이런 말을 꺼냈다.

"너무 들뜨지 마. 젊은 사람 암은 모르는 거야. 앞으로 건 강 조심하고."

순간 꽃들 속 정리되지 않은 가시가 마음을 쿡 찌르는 것 같았다. 내가 예민하게 받아들이는 건가? 그 후, 별다른 이유 도 없이 서로 소원해졌다. 기회가 있을 때마다 내가 먼저 카 톡을 보냈다. 자격증 공부를 새로 시작했다고 하자 어, 하고 짧은 한마디가 덜렁 왔다. 벚꽃이 필 무렵 다시 연락을 했다. '언니! 우리 그때 가기로 했던 공원 가요!' 하고. 그러나 '거 길? 왜?' 하는 시큰둥한 답이 돌아왔다. 어떤 이유가 있어서 뜸해진 게 아니란 걸 알았다. 안녕, 하는 수밖에. 벚꽃 엔딩도 아니고 사람이 정말 어렵다고 생각했다.

힘들 때 옆에 있어 준 친구가 진짜 친구라고 생각했다. 가 장 힘들었던 순간 내 옆에 있어 준 사람이 아닌가. 마음이 한 동안 얼얼했다. 언니가 종종 주었던 편지를 다시 꺼내보았다.

같은 사람이 맞나 싶었다.

암을 겪으면서 친구와 멀어지는 건 생각보다 흔한 일이다. 암에 걸린 후 '친구 리스트'가 정리됐다는 이야기도 많이 들었다. 예쁘고 착한 대다수의 암 환자들 중에는 (하도 암의 원인을 물으니 예쁘고 착해서 걸렸다고 해요. 이렇게 말하면 엄청 크게 웃으시더라고요. 그렇게 크게 웃기 있기, 없기?) 투병 중인 나를 친구가 떠날 리 없다며 원인을 자신에게 돌리며 자책하거나 오랜 우정에 금이 가 쩍쩍 갈라지는 걸 받아들이지 못하고 힘들어하는 경우도 많이 봤다.

'어떻게 그럴 수 있어!' 그 마음에서 빠져나오려고 애썼다. 그녀와 함께 무수히 써 내려간 버킷리스트도 그저 밥 한번 먹자 같은 별 의미 없는 인사였을 수 있다. 덕분에 희망을 품었고 설레기도 했으니 그러면 된 거 아닌가. 콧방귀 한 번 뀌고 떨쳐냈다.

산산조각 난 그릇을 보고 애태워도 되돌릴 수 없는 법. 쨍그랑 깨진 우정을 마음에서 내려놓기로 했다. 암은 터무니없게 나타나 내 몸은 물론 나의 인간관계까지 침범하기도 했지만 나의 전부를 빼앗아가지는 못했다. 누구든지 다가오거나 멀어질 수 있다는 것을 받아들이기로 했다. 소중한 그릇이 깨진 자리를 애써 빨리 채울 필요는 없을 것이다. 내 마음에 쏙 들고 내가 아껴줄 마음이 드는 그릇을 찾을 때까지 빈 공

間を内버려두는 것도 좋은 방법일지 모르겠다.

    지금 나에겐 어떤 고민이라도 솔직하게 털어놓을 수 있는 친구들이 있다. 책과 글쓰기를 좋아한다는 공통점으로 만나 글을 쓰기도 하고 책 이야기를 나누면서 가까워졌다. 유년 시절, 유치원 다닐 때 말다툼하다 밀리면 다들 빽을 내세우던 기억이 난다.

    "너! 자꾸 그러면 우리 아빠 부른다!"

    "불러라, 불러라. 난 삼촌도 있다. 우리 삼촌 되게 커! 난 삼촌 부를 거야!"

    이 친구들은 나의 그런 든든한 빽이다.

    암 때문에 친구를 잃었다고 오래 슬퍼하지 않았으면 좋겠다. 다신 누구도 안 믿을 거야, 하면서 '절대'라는 말 아래 웅크리지 않았으면 좋겠다. 나를 믿어주는 친구, 내가 믿고 아껴줄 수 있는 친구. 함께하면 즐겁고 슬픔은 나누며 서로의 성장을 응원해주는 친구는 언제든 반드시 만날 수 있다. 스쳐지나간 인연인데 추억이라도 나누었으니 됐다는 넉넉한 마음을 가져보려고 한다. 누구보다 내 자신과 사이좋게 지내보자는 약속도 하면서.

살아서 만나게 해주세요

엄마는 나를 가진 지 6개월이 되어서 임신 사실을 비로소 알았다고 했다. 월경이 멈추는 건 당연했고 소화가 안 되거나 잠이 쏟아지는 경우도 많았다고 했다. 흔한 임신 징후가 한두 가지가 아니었는데 어떻게 몰랐을까? 이미 아이도 셋이나 있는데? 엄마는 설마 하는 마음뿐이었다고 했다.

그럴 수밖에 없었을 것이다. 엄마는 그때 나의 친할머니를 모시고 살았다. 아이 셋에 남편, 시어머니까지 건사하느라 초단위 시대를 살았으니 당신 몸은 돌볼 틈이 없었을 것이다. 워낙 생리불순이 잦았고 잘 체하기도 했던 엄마는 소화제나 진통제를 수시로 드셨다고 했다. 자식 넷 중에 가장 엄마를 많이 닮은 나는 엄마 뱃속에서 엄마 아기라는 걸 증명하려고 엄마 얼굴을 필사적으로 담아내려고 한 건 아니었나 하고 상상하곤 했었다. 똑 닮은 모녀는 그 이야기를 할 때마다 출산이 임박해서 산부인과 가지 않은 게 어디냐며 웃는다. 둘째 아기를 자연 유산한 나는 엄마가 당시 얼마나 놀랐을지 어렴풋이 짐작만 할 뿐이다.

엄마는 나를 임신했다는 사실을 알게 된 날부터 매일 기도했다고 했다. 태어날 아이가 아프거나 장애가 있어도 상관없으니 꼭 살아서 만날 수 있게 해달라고 말이다. 넷째를 그런 마음으로 기다릴 수 있다니 나로서는 헤아리기 힘든 마음이었다. 장애가 있으면 어쩔 뻔했냐고 물었다.

"그런 게 뭐가 대수야. 사람 생명이 중요한 거지. 그런 건 상관없었어. 아무튼 네가 대답하더라니까. 진짜 네가 뭘 듣고 그러는 거 같았어."

엄마는 그 이야기를 할 때마다 항상 같은 표정을 짓는다. 안도와 기쁨에 찬, 따뜻하지만 굳건한 미소다.

똑똑. 태동이다! 어느 날, 살아 있기만을, 살아 있다면 작은 신호라도 보내달라고 막 기도를 마쳤을 때, 엄마의 뱃속에서 희미한 태동이 느껴졌다고 했다. 아주 작고 조심스럽게. 마치 엄마 거기 있어? 하고 부르는 것처럼. 미세한 태동에 성당이 울리는 것 같았다고 했다.

엄마가 기도했던 그곳의 같은 자리에 지금, 내가 무릎을

꿇었다. 의자에서 익숙한 나무 냄새가 났다. 오랜만에 온 성당인데도 물에 둥둥 뜨는 것처럼 경직됐던 몸이 스르르 풀렸다. 엄마가 모든 기도의 기본은 감사부터라고 했다. 일단 감사를 드렸다.

"늦게 와서 죄송합니다. 그리고 감사합니다."

뒤죽박죽 운을 뗐다. 뭐, 다 알아들어 주시겠지. 반성과 감사를 전했으니 이젠 내가 하고 싶은 말을 할 차례였다.

"그런데요…."

'그런데요'의 마법은 그다음 말이 술술 나오게 깔아주는 판이다. 이참에 냅다 털어놓았다.

"애는 이제 겨우 여섯 살이고요. 남편은 70년대도 아닌데 중동에 돈 벌러 가서 못 오고 있어요. 무쇠 팔, 무쇠 다리를 주셔도 시원찮을 마당에 너무 하신 거 아닙니까! 네? 머리카락 수까지 아신다는 분이 말이야! 지방에서 어떻게 아기 키우고 살았는지 다 보셨을 거면서, 이제 겨우 정착해서 살아보겠다는데, 타이밍 한번 절묘한 거 아닙니까! 막장 드라마도 이런 막장이 어딨어요! 이런 클리셰 진부하다고요!"

'계십니까? 정말 거기 계신 거예요?' 하고 묻고도 싶었다. 먼 우주에서 보면 내 불행은 개미가 쭐쩍 미끄러지는 정도밖에 안 되겠지만, 전쟁이나 굶어 죽어가는 아이들이 있는 참혹한 상황에서 뒷짐만 지고 있는 건 말도 안 된다 싶었다. 신이라면 분명 타노스보다 강할 텐데, 손가락 한 번 튕기지 않고도 모두에게 평화를 줄 수 있으면서 대체 뭐하고 계시는 거냐고 따지고 싶었다. 그러다 다시 납작 엎드린다.

"아니, 그러니까 잘못했다고요. 엉엉."

코를 흥 풀고 다시 고개를 숙인다.

"그렇지만 아이는 세상 무엇보다 예쁘잖아요. 제 아이, 제 손으로 키울 수 있게 해주세요. 네?!"

당돌함과 간절함 사이에서 아슬아슬한 줄타기가 이어졌다. 그렇게 한동안 아무도 없는 시간에 성당에 갔다. 코를 푼 휴지가 수북하게 쌓이면 꽁꽁 뭉쳐 가방에 넣어 나왔다. 그러다 보면 홀가분해지기도 했다. 그날도, 그렇게 시원하게 눈물 쏟고 두 다리에 상쾌함을 실어 옮기는 중이었다. 시어머니의 전화가 울리기 전까지 말이다. 걱정하지 말라며 다 잘될 거라고 운을 떼시는 시어머니.

"그분이 하시는 일에 나쁜 건 하나도 없다. 좋은 길로 이끌어주실 거야. 주님이 널 데려가신다면 그것 역시 그분 뜻이니 받아들여야 하지 않겠니?"

들고 있던 전화기를 꽉 힘주어 잡으면 부서뜨릴 수 있을 것 같았다.

"모든 일이 주님이 주관하시는 것이라는 것만 기억해. 마음 놓고 편히 지내거라."

전화기는 무사했다. 뚜껑이 열린다는 게 이런 거로구나. 끓어 넘치는 냄비의 물처럼 눈물과 콧물이 터져 나왔다. 어쨌거나 같은 신을 믿는 엄마에게 따져 묻지 않을 수 없었다. 자초지종 말을 들은 엄마가 길길이 날뛰며 말씀하셨다.

"자기 자식이래도 그렇게 속 편한 소리 했겠다, 정말. 멀쩡히 살아남을 애를 뭘 데려가. 어딜 데려가. 만나봤대? 그분 뜻은 무슨 #@*&$"

내심 엄마도 시어머니랑 비슷한 말을 하면 어쩌지 하는 생각도 했다. 시어머니의 말뜻은 그런 게 아닐 거라며 또 차분하게 나를 설득하려고 할 줄 알았다. 그러기만 해봐. 종교를 가졌다는 사람들이 말로 사람에게 얼마나 많은 상처를 주는지 아느냐고 퍼부을 작정이었다. 따발총을 장전하고 기다리는 데 엄마의 대답이 예상을 빗나갔다. 포청천 같던 우리 엄마 맞나? 그런 엄마가 내 편을 들어주었다!

지금 나는 어쩌다 보니 성당에 꼬박꼬박 가는 천주교 신자가 되었다. 여전히 '계십니까?' 그 질문에 완전한 답을 찾진 못했다. 보이지 않는 신을 믿는다는 건 나를 믿어보겠다는 의지와도 비슷했다. 성호를 그으면 수술실에 혼자 들어갈 때도, 동그란 시티나 엠알아이 검사를 위한 통에 들어갈 때도 마음이 차분해지곤 했다. 실은 성당이 안전하게 울고 코를 풀 수 있는 장소이거나, 꼬마자동차 붕붕이 꽃향기를 맡고 힘을 내는 것처럼 나 역시 은은한 나무 향기에 끌려서 그런 건지도 모른다.

간절하면 기도가 이루어진다는 말은 반만 믿는다. 대부분의 병원에는 천주교, 개신교, 불교를 위한 작은 기도 공간과 종교 시설이 있다. 그곳에서 누군들 간절하지 않을까. 간절하게 기도하면 이루어진다는 말이 누군가에겐 힘은커녕 상처가 되는 경우를 많이 봤다. 그저 기도하는 동안 마음이 편해지길 바란다. 그 마음이 조금씩 쌓여 그럼에도 살아갈 수 있는 용기를 내는 것, 그게 기도고 신의 뜻 아닐까?

아이가 돌 정도 되었을 때 선암사에 벚꽃 구경을 간 적이 있었다. 그때 어떤 스님이 아기의 이마에 손을 가만 올리시더니 곧 두 손을 모아 아이가 건강하게 잘 자라도록 부처님의 은혜가 깃들길 바란다고 하셨다. 타인에게 전하는 기도는 더욱 정중해야 한다. 어떤 형식을 취하든 따뜻한 기운을 전해줘야 한다. 울고 있을 때 뺨 때리는 기도는 정중히 돌려주자. 무엇보다 중요한 건 내 의지다. 나에 대한 믿음이다.

어떤 상황이든지 뚫고 나아갈 수 있다는 믿음. 무조건, 무조건, 억세게 운이 좋을 거라는 믿음 말이다!

슬기로운 의사 선생님

회진은 오와 열을 맞춘 여러 명의 의사 선생님들이 함께 다니는 의식이다.

하얗게 센 머리에 드문드문 까만 머리카락이 보이고, 끝이 올라간 안경을 써서 꼭 독수리처럼 보이는 선생님이 맨 앞에 섰다. 그의 바로 양 옆엔 송승헌처럼 진한 눈썹의 선생님과 입고 있는 흰 가운보다 더 하얀 피부의 선생님이 각각 서 있었고, 그 뒤에도 모두 흰 가운에 검정 크록스를 (공동구매 했나?) 신은 무리가 늘 일사불란하게 줄지어 들어왔다. 맨 앞의 흰머리 독수리가 발걸음을 멈추고 고개를 살짝 돌리면 손마저 새하얀 의사가 차트를 착 펼치며 흰머리 독수리의 좌측에 섰고, 눈썹이 짙은 선생님이 그의 우측에 서서 환자의 상태,

경과 등을 상세하고도 일목요연하게 정리해서 브리핑을 했다. 그 뒤에 서 있던 선생님들은 부지런히 메모를 하고 계셨다. 이들은 독수리 오형제처럼 걸을 때도, 회진할 때도 그에 맞춘 행렬을 유지했다.

담당의인 흰머리 독수리 선생님은 진료할 때나 회진할 때나 한결 같이 짧고, 건조했다. 독수리의 권위 앞에서 환자들은 '네' 혹은 '아니오' 두 가지 대답만 하고 말았다. 독수리의 양 날개에 있던 두 선생님이 따로 회진을 돌기도 했는데, 그 두 분만 오시면 병실에는 묘한 활기가 띄었다. 어디가 아팠고 뭐가 불편했는지 닫혔던 입들이 열렸다. 두 선생님은 귀를 쫑긋 열었다. "그렇군요, 그러시군요"를 자주 쓰면서 "그렇다면, 앞으로는"으로 연결되며 이야기는 마무리되었다.

내 차례가 되었다. 갑자기 눈썹 선생님이 "항문은 어떠세요?"라고 묻는 통에 엉덩이를 더 깔고 앉아 숨기고만 싶었다. 피차 놀란 눈으로 마주 보다가 "아까 물어보셨잖아요. 며칠 전부터 항문에 출혈이 있다고요. 지금도 그러세요?" 하고 재차 물으셨다. 흰머리 독수리가 가볍게 무시하고 지나간 질문을 흘려듣지 않고 메모해두셨다는 게 얼마나 감사하던지. 자세한 설명을 들은 선생님은 대장항문과 진료를 볼 필요는 없겠다며 적절한 방법을 알려주셨다.

건조기에 돌린 고구마 칩처럼 바싹하게 말린 최소한의 설명으로는 내 병을 충분히 알 수 없다. 병원에서는 자신들의 지침만 따르면 된다고 하는데, 그렇게 내 몸을 완전히 맡기기 위해서라도 충분한 소통은 꼭 필요하다.

인터넷에는 자신의 검사 결과지를 올리고 정보를 공유하는 카페도 많다. 온라인에는 점점 내 병에 대해 더 알고 싶어요, 하는 사람들이 늘어나고 있다. 인터넷으로 검색한 뒤 '내가 다 알고 왔다'는 태도를 취하는 환자들이 의사는 불편하다고 한다. 우리나라 대학병원 평균 진료 시간이 3분이라고 하니, 의사도 충분히 설명할 여유 없이 늘 시간에 쫓기게 될 것이고, 환자 입장에서 진료가 만족스럽긴 어려울 것 같다.

내가 알던 한 환우는 대장암이 복막으로 전이됐다. 가족들은 항암 약의 처방에 대한 근거를 알고 싶어 했다. 보통 전이된 환자에게 항암 약은 A에서 B의 순서로 진행한다고 하는데, 그분의 경우 B를 먼저 처방받았기 때문이다. 인터넷을 검색하다가 대장암 복막 전이의 환자가 하이펙 수술을 받고 완치된 사례도 봤는데 왜 수술에 대한 말은 없는지 환자는 궁금해했다.

막상 그 환우는 의사 선생님이 다 알아서 하시겠지, 하면서 별로 이의를 제기하고 싶어 하지 않았다. 환자가 의사를 신뢰하는데 어쩔 도리가 없었다. 그렇다고 치료에 미련을 남겨놓는 것도 찜찜했다. 결국, 나는 그 환자의 보호자와 함께 서울의 다른 병원을 찾았다. 그곳의 선생님은 일반적인 처방은 아니라고 하시면서도 주치의의 결정에는 그럴 만한 이유가 있지 않겠냐고 하셨다. 화가 났다. 그럼 수술은 가능한지 물었다. 이번엔 선생님이 더 의아해하며 말씀하셨다. 복막 외에 간, 폐 등 다른 장기에도 암이 침범하고 있다고. 설마 몰랐냐고 하셨다. 무너져 내리는 기분이었다. 망연자실해 거의 주저앉을 듯한 보호자를 부축해 오면서 보통의 환자들이 의사를 신뢰하고 존경하는 마음은 무엇일까 싶었다.

〈슬기로운 의사생활〉 이익준 선생님의 대사가 떠오른다.

"여기는 3차 병원이야. 환자가 여기까지 왔다는 건 더는 갈 데가 없다는 뜻이야. 우리한테는 매일 있는 일이지만 환자들한테는 인생에서 가장 큰일이고 가장 극적인 순간이야."

오로지 환자만 생각하는 완벽하게 정제된 순수한 선생님을 기대하는 게 아니다. 신에 가까운 의술을 가진 선생님이 존재한다고 생각하지도 않는다. 단지, 최소한 이익준 같은 선생님을 기대해볼 수 있지 않을까. 환자에 대한 기본적인 예우는 지켜주는 선생님들, 병원에서 내가 만나고 싶은 의사는 바로 그런 분들이다. 아마 모든 환자가 그럴 거라 믿는다.

너의 목소리가 안 들려

　젊은 암 환자 클리닉에서 정신과와 연계해 무료 상담을 받
도록 해주었다. 나는 복도 의자에 앉아 정신과에서 나눠 준
설문지에 꼼꼼히 체크하고 선생님을 기다렸다. 사람들이 다
니는 어수선한 공간에 책상과 의자가 눈치 보듯 놓여 있었
고, 나는 곧 그 앞자리로 불려갔다.

　책상 앞에는 고뇌하는 로댕 같은 선생님이 앉아 계셨다.
그가 내 이름을 부를 때부터 한쪽 손을 머리에 대고 있어서
'어서 와!' 하고 인사하는 것처럼 보였는데, 가까이 가서 보니
머리를 긁던 중이셨다. 나는 책상 의자를 빼며 인사를 건넸
다. 선생님은 잠깐 고개를 들어 끄덕했다가 내가 작성한 설문
지에서 눈을 떼지 않았다. 내가 꽤 골머리 썩을 케이스인가

싶었다. 그러나 카톡 이모티콘의 제이지처럼 봉봉한 그의 머리를 본 순간 아주 가렵겠구나 싶었다. 선생님의 머리에는 기름기가 좔좔 흐르고 머리카락 사이사이가 밭고랑처럼 길이 나 있었다. 선생님이 머리카락 사이에서 꿈지럭거리던 손가락을 빼면 나도 모르게 흠칫 몸을 뒤로 빼게 됐는데, 그건 기름진 제이지 선생님과 나 사이의 안전거리가 충분할 만큼 멀지 않았기 때문이었다.

"죽고 싶은 마음은 안 드셨나요?"
"네?"

내가 제일 걱정하는 것은, 일단 지금으로서는 선생님의 머리였기 때문에 그의 질문은 허를 찌르는 것만 같았다. 마침 누군가 전화기에 대고 크고 또렷하게 말하며 다가오고 있었다. 그 사람의 통화 내용은 겨우 익숙해진 복도 소음에 주파수를 튕기며 거슬리고 있었다. 나는 다시 정확한 질문을 확인하려고 자꾸 "네?"라고 반복했지만, 그럴수록 선생님의 얼굴에 그림자가 잔뜩 끼고 점점 낮은 목소리로 되물어왔다. 선생님은 내가 아마도 차마 죽고 싶다고 대답할 수 없어서 우물쭈물하는 거라고 짐작하는 걸까. 그때 전화기를 바짝 얼굴에 대고 통화에 열을 올리던 할머니가 우리 쪽으로 오더니 그대로 뒤를 돌아 멈추어 섰다. 할머니의 엉덩이가 우리의 시 야 언저리에 자리 잡을 때쯤 선생님도 목소리가 잘 들리지 않았다는 것을 눈치채셨나 보다. 선생님은 얼굴을 바짝 갖다 대며 다시 물었다. 그 바람에 질문의 무게감은 힘을 잃었다. 처음 저 질문이 내 마음에 주었을 파문은 여러 번 반복되면서 가볍게 변질되고 말았다. '아, 몰랑. 죽고 싶어!' 하는 그런 흔한 뉘앙스로 말이다.

그러고 보니, 남편과도 이렇게 병원 복도에 앉아 이야기를 나눌 기회가 없었다. 누구에게도 내 마음을 있는 그대로 털어놓지 못했다는 것을 알았다. 죽고 싶다니. 그런 말을 꺼내면 내 주위의 사람들이 얼마나 날 걱정할까 싶어서 차마 말할 수 없었다. 더구나 아이는 어렸다. 나약한 생각을 하면 나쁜 엄마가 될 것 같았다. 내 마음엔 불안과 걱정, 두려움이 가득했을 텐데 얼른 지퍼를 채워 올렸다. 그리고 외면했다.

지금 생각해보면 감정을 표현하는 게 나았을 것 같다. 아무리 가까운 사람도 (남편, 보고 있나?) 관심법을 쓰지 않는 이상 내 마음을 속속들이 알 수 없는 거니까. 힘들어. 외로워. 무서워. 안아줘. 그렇게 말할 걸 그랬다. 손을 내밀어주고, 안아주고, 울고 있는 내 옆에서 휴지를 건네줄 기회마저 주지 않은 건지도 모른다. 그런 기회를 미리 주었다면 가만히 있다가 나쁜 놈이 되어버린 억울한 누군가도 생기지 않았을 텐

데. (자꾸 말해서 미안, 남편)

어렵사리 내 귀에 닿은 그 질문은 내가 들키지 않으려고 가장 깊숙하게 박아둔 무언가를 향해 손전등을 대고 딸깍 불을 비추는 것 같았다. 이 불빛을 따라가면 혼자 끌어안고 있던 두려움을 찾아낼지도 모를 일이었다. 그 두려움이 웅크리고 있는지, 아니면 나를 향해 입을 벌리고 있는지 알 수 있었을 거다. 상담이 제대로 이루어졌다면 묵혀둔 감정을 탈탈 털어버릴 수 있었을 거란 아쉬움이 든다.

좁은 책상 하나를 두고 묻고 답하기가 이렇게 어려울 일인가! 소음을 뛰어넘는 크기로 말했다가는 공개 상담이 될 판이었다. 말을 하던 사람은 곧장 귀를 돌려 대답에 귀를 기울이는 방식도 취해봤지만, 의사소통은 어려웠다. 상담 특성상 네, 아니요로만 대답할 수 있는 것도 아니니 둘 다 금방 지쳐버리고 말았다. 종일 신경을 곤두세운 탓인지 관자놀이 쪽으로 욱신욱신 두통이 왔다. 빨리 이 자리를 박차고 나가고만 싶어졌다.

"선생님께 털어놓으니 마음이 한결 가벼워졌습니다. 치료 열심히 받아서 싹 나을 거라 믿어요. 어쩌면 이 일을 계기로 시가며 가족들이며 모두와 잘 지내게 될 것 같아요! (빙긋)"

얼마나 선생님을 안심시켜 줄 모범 답안인가! 선생님은 이 희망에 찬 젊은 암 환자를 드디어 돌려보내기로 마음먹은 것 같았다. 아니면 포근가?

나오자마자 브루펜 한 알을 사 먹었다. 두통이 가라앉으면서 내 마음이 어떤지 처음으로 들여다보았다. 암만 없애면 될 줄 알았던 내게 복도 상담은 이제 내 마음도 돌보라고 알려주었다.

취지는 정말 좋다. 복도 상담이 아니라면 진짜 좋았을 텐데! 아주 작더라도 독립된 공간이었다면 나는 내 감정을 제이지 선생님께 솔직히 말했을지도 모르겠다.

엄마가 안 아프다면

방사선과 선생님과 임상심리 교수님과의 협업 프로젝트 첫날이었다. 정확한 프로젝트명은 기억나지 않는데, 육아 스트레스와 '엄마들의 암' 재발의 상관관계에 대한 연구라고 하셨던 것 같다. 육아 스트레스라도 현저하게 덜어주겠다는 이 프로젝트는 생각지도 못한 기회였다. 그런데 한편으로는 '너의 목소리가 안 들려'의 경우처럼 아쉽게 마무리될까 봐 미리 걱정이 됐다. 이 기회는 꼭 잡아야 한다! 하자가 생긴 나는 좋은 엄마가 될 비법을 배워갈 다짐을 했다. 여기, 나와 똑같은 다짐을 한 대여섯 명의 엄마들이 미안한 얼굴을 하고 모였다.

나는 우선 나를 미치게 하는 뿡뿡이 핸들을 화두에 올렸다. 다른 엄마는 아이가 부쩍 어린이집에서 선생님 말을 안 듣는 게 고민이라고 했다. 또 다른 엄마는 아이가 머리를 단정하게 묶지 않고 옷차림새가 이상하다고 동네에서 받는 눈총이 스트레스라고 했다. 복직이 불가피해서 회사에 빨리 복귀했는데, 아이를 봐주시는 양가 어른들과 마찰이 크다는 분도 계셨다. 우리는 어떤 문제에서든 모두 '내 탓이오' 중이었다.

하나씩 문제들을 같이 살펴봤다. 소거법처럼 상황에 맞게 그 문제를 해결하는 방법을 배우면서도, 애초에 문제가 아닌 걸 문제로 여길 필요가 없다는 것도 선생님은 알려주셨다.

"엄마가 안 아프면 애들이 어른 말을 다 듣던가요?"

선생님 특유의 건조하고 유쾌한 말투에 모두 고개를 뒤로 젖히며 웃었다. 생각해보니 그랬다. 아이가 머리를 묶지 않는 건 아이 마음이고, 영감님들이 모인 서당이 아니고서야 어린이집에 다니는 아이들이 수시로 실수하는 건 당연한 일인데 말이다. 그렇게 하나하나 찬찬히 들여다보니 엄마의 책임감이 거품이 가득한 맥주처럼 과도하게 주어져 있는 게 문제라는 걸 알았다.

그렇게 과도한 책임감을 짊어진 엄마는 '좋은 엄마' 콤플렉스에 빠질 확률이 높았다. 나처럼 아이가 이제 그만이라고 할 때까지 무조건 놀아주거나 군것질은 절대 시키지 않겠다는 의지 같은 것들에 때론 눌리는 것이다. 문제는 나, 그러니까 개인적인 콤플렉스만 생기는 게 아니라 사회 전체가 엄마에게 '좋은 엄마'를 요구하는 면도 있다는 것이다. 어린아이가 저지르는 흔한 실수마저 엄마 탓을 하고, 아이 엄마에 대한 시시콜콜한 간섭을 하는 것이 바로 그것이다. 아이가 좀 크면 아이 성적은 엄마 성적이라는 말도 듣는다. 아이가 클수록 아이 스스로 하는 게 많아져야 하는데, 아이를 키우다 보면 당연한 순리가 어려워질 때가 많다는 걸 느끼게 된다. 아이의 성장과 함께 엄마의 역할도 같이 커진다. '좋은 엄마'는 사실 여러 요인들이 복잡한 사슬로 얽혀 나타난 것이라 어느 한 가지 방법으로 깔끔하게 해결되지 않는 게 정상이다.

다른 건 다 차치하고 나는 우선 육아의 본질을 마음에 새기기로 했다. '독립적인 객체'로 키우는 것! 육아의 모토는 아이 스스로 많은 일을 해결해나가는 데 방점을 찍었다. 이를테면 비 오는 날 마중 나가지 않는 건 상징적인 연습이기도 했다.

아이가 초등학교에 가고부터는 갑자기 비가 올 때, 무조건(절대가 아니라는 게 중요하다) 우산을 들고 마중을 가지 않았다. 비상 우산함에서 우산을 처음 빌려 쓰고 온 날, 아이가 뿌듯해하던 모습을 잊을 수 없다. 커다란 타월을 같이 머리에 쓰고 그 안에서 아이 볼을 야금야금 깨물어먹듯 뽀뽀했던 것도 영화의 한 장면처럼 생생하다. 엄마가 5분 대기조처럼 아이 옆에 늘 있을 수도, 엄마가 그런 존재가 아니라는 걸 아이가 아는 건 매우 중요했다. 학교에서 도움을 청하면 안 될 일이 거의 없다는 것을 아이는 그렇게 터득해나갔다. 아이가 혼자서도 자기 삶을 잘 꾸려나갈 거라 생각하면 팬트리에 넉넉한 생필품을 채워둔 것처럼 마음이 놓이고 든든했다.

아프고 나서 그런 감정들은 더 확고해졌다. 내게 투병이라는 경험이 없었다면? 어쩌면 난 아이에게 좋은 것만 먹이고, 좋은 책을 읽히고, 아이에게 무엇을 더 해주면 좋을까, 그런 고민만 했을지도 모르겠다. 아이의 인생에 레드카펫을 착 깔아주는 엄마가 되려고 혈안이 되었을지도 모를 일이다.

솔직히 이제 고등학생이 된 아이에게 가장 하고 싶은 말은 공부하란 소리다. 그러나 지금 아이와 가장 많이 나누는 말은 '사랑해'다. (그러고 보니 볼에 뽀뽀할 수 있는 날도 얼마 안 남았다. 지금을 누려야지!) 나는 여전히 아이가 제 인생을 잘 살아낼 거라 믿는다. 빈둥거리고 늦잠을 자도 때가 되면 움직일 거라 믿는다. 사랑해서 믿는 건지, 믿어서 사랑하는 건진 잘 모르겠다.

아무튼 이 프로젝트는 뿅뿅이 핸들이 뿜어내던 요란 법석한 불빛만큼 다양한 것을 깨닫게 해주는 계기가 되었다. 뿅뿅이 핸들이 쏘아올린 공이 닿길 바라는 곳이 하나 더 있다.

바로, 아빠들은 어디 계신가 하는 지점이다.

육아 스트레스가 '엄마들의 암 재발'에 영향을 준다는 상황은 많은 것을 말해준다. 스트레스가 사실 암보다 무서운 것이다. 안 그렇습니까, 아빠들?

폭탄은 터져야 한다

내가 암을 진단받기 훨씬 전의 일이다. 시아버지는 언제나 자신감이 넘치시는 분이셨다. 연세에 비해 혈압, 체중, 혈관, 근력 등 건강 수치도 완벽했다. 오로지 흡연으로 인한 폐질환만 갖고 계셨다. 담당의는 지금이라도 금연하고 적당한 운동을 하면 그 연령대의 어르신들보다 더 건강하게 살 수 있다고 말했다. 반대로 계속 흡연할 경우 폐를 완전히 쓸 수 없을지도 모른다고 하셨다. 담배가 유독 치명적인 사람이 바로 시아버지였다. 그때부터 시아버지의 폐에 급성 염증이 자주 생겼다. 그 바람에 몇 번이나 입원과 퇴원을 반복하셨다. 담당의는 가족을 모두 호출해 앉혀놓고 이런 식이면 안 된다고 우리 모두에게 엄중한 경고를 했다.

의사의 엄중한 경고는 아무 효과도 없었다. 시어머니는 내게 충고하셨다. 우리의 기도에 시아버지의 금연이 달렸다고. 그리곤 매일같이 기도했는지 전화해서 확인하셨다. 시어머니의 꼼꼼한 기도에도 상황은 변하지 않았다. 시아버지는 그 하느님, 내가 이길 거라며 계속 담배를 피우셨다. 결국 폐 질환은 만성폐쇄성폐질환으로 이어졌다. 시아버지의 폐는 점점 더 굳어져 갔다. 입, 퇴원의 주기가 짧아졌다.

그 와중에 시어머니는 권사님들과 작은 가게를 해보겠다고 지방으로 내려가셨다. 그때도 시아버지는 정해진 스케줄처럼 입원하셨다. 시어머니는 시아버지의 병구완을 할 생각이 전혀 없어 보였다. 남편은 지방에 지원 나가 있던 상태였고, 시동생은 너무나 당연하게 배제되었다. 그 몫은 자연스럽게 나에게 돌아왔다. 시아버지 병간호를 위해 내가 지방에서 친정으로 올라왔다. 돌이 안 된 아기를 친정엄마에게 맡겼다. 이건 정말 아니지 않나? 억울함을 호소해도 아무도 들어주지 않았다. 그럼 누가? 라며 남편을 포함한 시아버지의 원가족들은 이런 상황을 당연하게 여겼다. 아직 모유 수유를 못 끝낸 나는 양쪽 가슴에 패드를 붙이고 시아버지 병원으로 출퇴근했다. 잠은 병원이 아닌 친정에서 잔다는 게 그나마 베풀어진 호의였다.

남편이 휴가를 내든, 시동생이 병상을 지키든, 시어머니가 가게를 접고 올라오든, 그래야만 했다. 나는 왜 내 손에서 멈춘 폭탄을 안고 자폭하는 걸 선택했을까? 던지면 그만이었는데. 그렇게 그때 터졌어야 했던 폭탄을 내내 안고 있었다.

그런데 폭탄이 아니라 사건이 터지고 말았다.

시아버지가 뭔가를 가져오라고 하셨다. 틀니를 빼놓고 입을 얼버무리면서 말씀하시는 통에 못 알아들었다. 평소에도 '그거! 그거!' 하는 습관이 있으셨다. 이번에도 '그거'라고 외치신 것 같은데 매우 급한 표정을 보니 소변 통일 것 같았다. 눈치는 정답! 나는 얼른 소변 통을 갖다 드리고 커튼을 재빨리 쳤다.

우유 페트병처럼 생긴 소변 통이 노란 오줌으로 가득 찼다. 손잡이만 잡아도 미지근한 기운이 느껴졌다. 최대한 조심조심 화장실에 가져가서 비워내고 손을 씻었다. 혹시 시아버지가 민망하실까 봐 아무렇지 않은 척 돌아왔다. 그런데.

"넌 대체 잘하는 게 뭐니?"

하고 시아버지가 다짜고짜 소리치셨다. 대꾸할 새도 없었다. 소변 통을 원래 자리에 놓으려는데 아버님이 소변 통을 낚아채 내동댕이치셨다. 이런 거 하나 제대로 못 알아듣냐며 역정을 내셨다. 가래가 카랑카랑하게 끓으면서 쇳소리가 벽을 긁는 소리가 났다. 아프시니까 참자, 참자. 어지간히 급하셨나 보지. 참자, 참자.

집으로 가는 길에 남편에게 전화했다. 서러워서 눈물이 났다. 자초지종을 들은 남편은 편찮으셔서 그럴 거야. 아픈 사람이니까 이해해. 거 참, 어지간히 위로할 줄 모른다. 위로는커녕 남편의 말이 나의 몸과 마음을 납덩이처럼 더 무겁게 가라앉혔다. 이해하라고? 당신은 나에게 미안하다고 하거나 고맙다고 해야 하는 거 아닌가?

착잡한 마음이 가시지 않은 채 친정에 도착했다. 엄마가 포대기를 하고 아기를 등에 업고 계셨다. 아기를 건네받는데 엄마 허리에서 삐그덕 소리가 났다. 부글부글 부아가 치밀었다. 남편을 비롯한 시가 쪽 사람들 모두에게 화가 났다. 친정 엄마가 이왕 이렇게 된 거 좋은 마음으로 간병해드리라고 하셔서 뭐라 말도 못 하고 이만 부득부득 갈았다. 일주일을 그렇게 보냈다. 송곳니가 뾰족하게 갈린 것만 같았다.

'좋은 얼굴'로 '기쁘게' '효도' 하면 나중에 '복'이 된다고 했다. 남편을 낳아주신 부모님에 대한 '사랑'을 실천하는 게 억울한 일이냐고도 했다. 이것이야말로 전 국민을 향한 가스라이팅이 아닌가! 그 사랑, 왜 여자에게만 요구되는지 물으면 또 옹졸하다 하겠지?

나중에 돌아오신 시어머니는 "반찬 좀 해드리고 그러지, 입맛도 깔깔하셨을 텐데. 음식 말고는 손이 가는 양반도 아닌데 뭘 했니"라며, 시아버지가 서운해하더라고 하셨다. 아들의 경제적 지원과 며느리의 병간호를 아무렇지 않게 받으셨던 시아버지는 그 며느리가 유방암에 걸리자 이런 명언을 남기셨다.

"여자가 아프면 어떡하니. 일하는 사람 심란하게."

며느리는 아프면 안 된다. 간호도 프로페셔널하게 해야 한다. 대명사에서 명사를 바로바로 캐치하는 센스도 있어야 한다. 심 봉사 눈 번쩍 뜨이게 할 만큼 맛난 반찬도 배달해야지. 배달의 민족 며느리답게 말이다. 돌봐야 할 아기가 있든 말든 그런 건 며느리에게 중요하지 않다.

사랑? 한 사람의 희생으로 완성되거나 강요하는 사랑은 사랑이 아니다. 그것은 엄연한 착취다. 이제 기억하자. 내가 감당하기 어려운 폭탄이 올 땐 저 멀리 던져야 한다. 폭탄과 함께 자폭할 게 아니라.

코로나 백신이라는 히어로

암 치료 종료 후 5년이 지날 때까지 아무런 징후가 없으면 사실상 완치 판정을 받는다. 2014년부터 연 1회 정기검진만 받던 중이었다. 2021년, 코로나 백신 접종 후부터 지금까지 다시 6개월에 한 번씩 추적 검사를 받고 있다.

코로나가 처음 발발했을 때가 생각난다. 동네에 처음 확진자가 나왔을 때, 그 확진자가 '어쩌다' 확진이 되었는지에 대한 소문이 쉬쉬하며 돌았었다. 여러 버전의 카더라를 통해 그 가족의 동선이 낱낱이 공유되기도 했다. 방역차가 지나간 동네에는 사람이 없었다. 과일을 사러 동네 마트에 갔을 때, 사장님이 오늘 처음 사람 구경한다고 하셨던 게 생각난다. 정말 그랬다. 누군가 지나가면 마치 사진에서 무언가가 움직이는 것처럼 사람의 존재감이 기이하게 느껴질 정도였다. 그렇게 조심스러운 나날을 보냈다. 학교 수업은 물론 모든 만남이 온라인으로 바뀌었다. 그에 따른 해프닝도 많았다. 카메라에 이마만 붙이고 "이거 되는 거야? 되고 있어?" 하는 경우도, 핸드폰으로 접속하고 볼륨을 끄지 않은 채 화장실에 가는 경우도 있다고 들었다. 마스크를 구하려고 약국에 줄을 서기도 하고 마스크 재고량을 알려주는 애플리케이션을 만든 학생들이 등장하기도 했다. 삭막하고 팍팍한 시기를 다들 힘들게 견뎌내고 있었다. 하루살이 한 마리 날아다니지 못하도록 그렇게 꽁꽁 방역을 했고 조심했다. 그러다 대규모 확진자가 발생하는 일이 생기면 다들 분통을 터뜨렸다. 어떤 형태의 실수도 용납될 수 없었다. 터진 곳을 봉합하고 수습하며 지내왔다. 답답하고 불편하기도 했지만 자영업자들의 파산 소식이나, 요양병원에 계신 부모님들과 유리 창문 사이에서 손을 맞대고 있는 뉴스를 보면 힘들다는 말도 꺼내기 어려웠다. 그러다 백신이 등장했다.

백신은 우리의 히어로가 되어주었는가? 처음엔 백신 수급이 난항이더니, 나중엔 접종 방식에서 마찰이 생겼다. '백신 패스'로 접종률이 높아졌다. 그러나 심각한 부작용을 겪은 사람들, 심지어 사망자까지 속출했다. 전염병 시대이니 감수할 수밖에 없는 선택이라고 해도 씁쓸했다. 의료적 실익이 도

덕적 문제를 안고 있을 때 어떤 선택이 옳다고 확신할 수 있는 걸까?

나는 접종을 선택했다. 요가원에 다니고 있었고 요가를 계속하려면 백신이 불가피했다. 집단면역에 일조하자는 평범한 시민의 마음도 있었다. 어쨌든 백신이 든든한 방패막이가 되어줄 거라 믿었다.

접종 후 2~3주 정도가 지나, 마침 유방 정기검진을 받는 날이었다. 유방 촬영술과 초음파를 보기로 했다. 유방촬영술은 눌러서 엑스레이를 찍는다. 상의를 탈의하고 커다란 심벌즈처럼 생긴 기계 앞에 선다. 두 개의 커다란 기계가 손바닥 마주하듯 천천히 움직이면서, 유방을 코팅지 사이에 낀 종이처럼 꾹 누르며 찍는다.

그 다음은 초음파 검사다. 검사자는 케첩 짜듯 유방 위에 물컹한 젤리 같은 액체를 한껏 뿌려놓고 마이크처럼 생긴 기구로 유방부터 겨드랑이 쇄골까지 빙글빙글 굴린다. 기구가 움직일 때마다 검은 화면에 하얀 줄무늬가 나타났다가 사라지고 검은 공간이 보였다 말았다. 뚜렷한 모양 없이 암호처럼 은밀한 선만 보이는 초음파 검사를 할 때마다 신기했다. 내 몸의 심해를 들여다보는 것만 같았다.

벌써 여러 번 받는 초음파 검사지만 여기는 림프고, 여기는 뭐고, 어떤 상태라는 등의 설명을 들은 적은 없다. 웃통 벗고 양팔 벌려 위로 올린 상태로 몸을 맡겼다가, 종이 페이퍼로 닦아낼 때까지. 그렇게 끝까지 아무 말도 하지 말지….

"림프샘이 부었네. 재발일 때 보통 붓는데."

"네?"

선생님은 별말을 별말 아닌 것처럼 내뱉었다. 결과는 주치의 선생님께 들으라고 하고 쓱 뒷문으로 빠져나갔다. 설명도 없다. 예고인가? 감질나게. 제발, 재발만은 아니길 바라면서 오는 환자에게 그리도 무시무시한 단어를 달걀 톡 깨트리듯 언급하고 사라지다니.

병원이다. 이곳은 암 덩어리쯤 머리카락 잘라내듯 바로 손 쓸 수 있는 미용실 같은 곳이 아니다. 검사를 진행하는 사람 역시 환자의 몸을 다루거나 들여다본다는 점에서 사명감이 있을 법도 한데 참 씁쓸했다.

담당 주치의를 만나기까지 일주일이 남았다. 제대로 낚였다. 초음파의 현장에서 빠져나오지 못했다. 마치 그 장면에서 어떤 편집을 해야 할지 헤매고 있는 것처럼 그 순간을 무수히 떠올렸다. 처음 암 검진을 받았을 때도 초음파를 보던 선생님이 모양이 안 예쁘니 병원에 가는 게 좋겠다고 힌트를 주셔도 알아채지 못했던 게 생각났다. 이번에도 뭔가 있는 게 아닐까?

주치의를 만나기 전까지 아무것도 확실한 건 없다는 걸 알면서도 나는 불안을 덥석 잡아버리고 말았다. 딱따구리 한 마리가 머리에 날아와 떡하니 자리를 잡았다. 아이고, 머리야.

일주일 동안 마음을 졸였다. 간장이 졸아 농축된 것처럼 바짝 졸아버린 상태로 주치의를 만났다.

"림프가 부었네요? 1년 뒤 말고 6개월 뒤에 한 번 더 봅시다. 재발이 아니면 백신 때문일 수도 있으니까요."

주치의는 '어? 졸았네?' 물 한 바가지 아무렇지 않게 다시 넣고 불을 켜는 것처럼 심드렁하게 대답했다. 일어나서 침대로 가려고 했다. 늘 하던 대로 촉진은 하겠지? 촉진도 엄연히 검사 중 하난데 더구나 재발 운운하면서 검사를 빼먹진 않겠지? 하지만 나만의 생각이었나 보다. 신속 정확한 판단에 도가 튼 선생님이 안녕히 가세요, 라고 뒤통수에 대고 인사를 하는 거 아닌가. 눈이 마주쳤다. 선생님은 마스크 위로 눈을 끔벅거리면서 '응, 가. 잘 가!' 하는 눈짓을 보냈다.

이 시추에이션, 어떻게 받아들여야 할까? 가라고 하면 가면 되는 걸까? 나는 애매한 기분이 되어 머리가 돌아가지 않았다.

한마디 말

그렇게 6개월 앞당겨 검사를 받고 알게 된 건 하나도 없었다. 병원을 다녀오고 며칠 동안 우울한 상태로 지냈다. 회색 구름이 두꺼운 솜이불처럼 무겁게 가라앉은 어느 날 저녁. 구름과 구름이 겹치는 사이사이에는 아직 지지 않은 햇빛이 강하게 뚫고 나오면서 진한 분홍색 띠를 만들었다. 구름과 태양의 힘겨루기는 오묘한 빛을 만들어내는 중이었다. 땅으로 내려올수록 진한 보랏빛으로 물드는 창밖을 보면서 거참, 슬퍼지기 딱 좋군, 그런 감상에 젖기도 했다.

방패가 되어줄 거라 생각한 백신이 혹시 암의 재발에 영향을 주는 건지 알고 싶어졌다. 인터넷에서 열심히 찾아봐도 추측성 기사만 있을 뿐 정확한 내용을 알 순 없었다. 지금 당장도, 앞날에도 전혀 생산적이지 않은 일이라는 것을 알면서도 멈출 수가 없었다.

'지금 알아서 뭐 할 건데? 알아! 아직 일어나지 않은 일이 야! 안다고! 정확한 건 없어, 연구하냐? 그래, 안다고! 별일 아닐 거란 생각은 왜 안 해? 그래. 알아, 안다고!'

마음도 이랬다저랬다 했다.

만에 하나 림프가 부은 게 백신 때문이라면, 그게 재발과 상관관계가 있다면 그 책임은 누구에게 따져야 하지? 백신 을 권고한 정부에도, 불친절한 의사한테도 화가 났다. 무엇보 다 나의 질척질척한 행동에 한없이 화가 났다.

'아파도 미안해하고 싶지 않은데', 그런 마음에서 출발한 글이었다. 앞으로 나에게 어떤 질병이 생겨도 전보다 덤덤하 게 받아들이고 싶은 마음도 있었다. 검사 결과에 이렇게 흔 들리다니. '재발' 이 한마디에 지금 나는 하얗게 질려 손 놓고 있으면서 무슨 글을 쓰겠다고? 코로나 백신으로 불거진 일이 나를 조소하는 것 같았다. '덤덤은 개뿔, 너, 엄청 쫄았잖아' 하고 비웃는 것 같았다.

힘들 때마다 그랬듯 책에 기댔다. 책은 우산이 되어주었 다.♦ 질병을 앓았거나 앓고 있는 사람들의 이야기를 읽으며

♦ 은유, 《글쓰기의 최전선》 중 〈책이라는 우산〉 인용

조금씩 기운을 찾았다. 질병이 내 삶을 헤집고 들어올 때, 그것을 잘 다루기 위해서는 일단 두려움부터 넘어서야 한다. 두려움은 처음부터 없애야 할 감정이 아니라, 생길 때마다 다스리면 되는 것이었다. 그런 감정마저 거세된 삶을 바란 건 아니니까 말이다. 그럴 수도 없고.

불확실한 상황이 영 찜찜하다. 이파리를 갉아먹고 있는 송충이처럼 두려움이 입을 크게 벌려 덥석덥석 마음을 무는 게 느껴진다. 송충이를 떨어트려야 한다. 내 마음에 철석 달라붙은 두려운 감정을 떨쳐내야 한다. 그러기 위해 매일 걸었다. 땀을 흠뻑 흘렸다. 오랜만에 압력 밥솥을 꺼내 쌀을 안쳤다. 빙글빙글 돌아가는 추가 멈추고 밥솥 뚜껑을 열 때 풍기는 뜨끈한 수증기가 얼굴을 감싼다. 주걱으로 살살 뜨끈뜨끈한 밥을 푼다. 용기가 돌아왔다. 용기가 별 건가. 밥 먹고 싶단 생각이 드는 것도 용기다. 맛있게 먹어야지!

여기서 멈추면 딱 좋을 이야기에서 한 발만 더 나가볼까 한다.

용기를 낸 나는 백신과 덤덤하게 병원을 다녀온 날을 떠올려봤다.

그날의 황당함은 병원에서 숱하게 느꼈던 일상적인 감정이다. 그 병원은 우리나라 최고의 상급병원이라고 자부한다.

내가 다녀본 여러 병원 중 제일 편리한 시스템을 갖추고 있기도 했다. 바꿔 말하면 다른 병원들이 시스템만 보완하면 발길을 돌릴 수도 있겠다는 생각이 드는 것이다. 최고의 기술력? 의료진의 기술? 그것만 내세워 최고의 병원이라고 할 수 있을까.

앞으로 새로운 감염병이 또 생기지 말라는 법은 없다. 국민적인 백신 접종이 불가피한 일을 또 마주하게 될지도 모른다. 지금의 백신과 백신 후유증에 관한 병원의 태도는 -정부 차원에서 해야 할 노력도 있겠지만- 중요한 데이터가 될 것이다. 어떤 선례를 남겨 오점이 될지, 참고할 예시가 될지는 의료진과 실전에서 일하는 사람들에게 달려 있다.

그래서 《아파도 미안하지 않습니다》의 한 구절을 소개해볼까 한다.

"수술대 위에서 질병이 제거될 수는 있어도 건강이 완성될 수 없다. … 몸이 아플 때도 가까이에 든든한 안내자가 있다면, 그 아픈 시간을 온통 불안에 점유당하지 않고 삶의 한 과정으로 좀 더 온전히 살아갈 수 있다."

그러니 든든한 안내자는 우리에게 더 많이 필요하다. 갈팡질팡 길을 잃은 환자들이 아직도 많이 헤매고 있으니 말이다.

'주치의 제도'를 설명하는 부분의 일부 문장을 가져와본다.

검사를 하든, 진료를 하든 '나는 누군가의 주치의다'라는

생각을 공손히 부탁드려본다. 그대의 말 한마디로 누군가는
생지옥을 경험할 테니 말이다.

한결같지
않기로

상실의 시대

"투병하는 데 남편이 없다고?"

당시 우리 부부가 할 수 있는 합리적인 선택(이라 하자. 어쩔 수 없는 선택이었다고 하면 너무 슬프니…)을 했을 뿐인데 나는 한순간에 비련의 여주인공이 되었다.

젊고 아이도 어린데 거기다 남편도 없이 혼자 투병하는 어쩌다 그런 불쌍한 삶을 살게 된 거니? 응? 다들 괜찮다고, 말해보라는 눈빛으로 나를 바라보았다. 이런 반응은 지금도 별반 다르지 않은 반응이다.

시부모님은 수술 후 바로 다음 날 남편의 출국 날짜에 맞춰 오셨다. 뭐 하러 왔냐고 하시면서 병원에 있으면 멀쩡한 사람도 기운 빠지니 어디 가서 쉬라고 서둘러 남편을 내보냈다. 중동으로 돌아간 남편은 예상대로 자주 연락하지 않았다. "관 짜야할 땐 연락해야 할 텐데 그땐 전화 받을 수 있어?" 서늘한 농담을 하면 "에이, 뭘 그런 말을" 하고 잠깐 미안해했다가 원래로 돌아가는 사람이 남편이었다. 어찌나 탄성력 좋은 고무줄 같은지.

남편은 4개월에 한 번씩 휴가를 나왔는데, 그때마다 꼬박꼬박 본가에 다녀왔다. 언젠가 나도 컨디션이 괜찮아서 같이 시부모님을 뵈러 간 날이 있었다. 돼지갈비 집으로 약속 장소를 잡았나 보다. 석쇠 아래 뜨거운 숯불을 넣고, 음식을 서빙하시는 분은 자연스럽게 내 앞에 집게와 가위를 놓아주셨다. 남편이 집게를 들려고 하자 "멀리서 온 애가 뭘 이런 걸" 하며 어머님이 말리셨다. 간장 양념에 푹 담긴 돼지 갈비 한 덩어리를 석쇠에 올리자 치지직 소리가 나고 아우 맛있겠다, 하는 감탄사가 연달아 들렸다.

직화 고기는 먹지 않던 나는 그들의 식사가 끝날 때까지 고기를 굽다가 상추에 밥을 몇 쌈 싸서 먹었다. 우적우적 상추쌈을 먹는 나를 기다리느라 몇 마디씩 해야 할 것 같았나 보다.

"가슴은 살린 거니?"

"네."

"잘됐구나, 그럼 됐네."

"네."

"둘째 안 낳을 거니까 뭐 크게 상관 없는 거지?"

"…네."

"됐다, 다 먹었니?"

"(우적우적) 네."

임신 준비 중에 유방암에 걸려서 아기를 갖지 않기로 한 환우가 있었다. 그런데 그녀가 아기를 갖지 않는다는 것 때문에 시어머니가 우울증에 걸린 이야기를 들을 때만큼이나 기가 막혔다. 돌아오는 차 안에서 남편에게 말했다.

"가슴을 다 도려낸 기분이야."

"뭐가? 살린 거 아니었어?"

아예 말을 말자. 고개를 돌려 흐르는 눈물을 닦았다.

샤워할 땐 언제나 혼자 울기 딱 좋았다. 유륜을 따라 생긴 흉터를 손으로 감싸본다. 덧댄 천을 잘못 당겨 박음질한 것처럼 어딘가 삐뚜름했다.

"있지, 만약에 가슴을 못 살리면 그래도 나 사랑할 수 있어?" 남편한테 그런 질문을 했던 적이 있었다. "그러엄!" 남편의 그 단순하고 명쾌한 대답이 고마웠다. 석쇠 위에서 굽는 돼지 갈비를 뒤집고, 먹기 좋게 자르면서 내 가슴이 도마 위에 올려져 있다는 걸 알았다. 아니, 나부터도 내 가슴의 유무에 따라 사랑받을 수 있는지 확인하고 싶었잖아! 가슴을 잃으면 나는 여성성을 상실한다고 생각했다. 함부로 던지는 말에 가슴을 도려낸 듯한 어떤 상실감을 느꼈다. 그만. 이제 가슴에서 시작된 동심원 같은 고통에서 그만 벗어나자.

샤워기를 뚫고 흐르는 뜨거운 물줄기에 몸을 적셨다. 민머리에서 모락모락 김이 피어올랐다. 구석구석 온몸을 적신 후 다시 거울을 바라보았다. 가슴에 뻥 뚫린 커다란 구멍으로 소모적인 생각들을 다 흘려보내기로 마음먹었다.

전업주부에게 페미니즘이 허울 좋은 이론이 아닐까 싶었던 나는 '가사노동에 임금을' 주장한 실비아 페데리치의 글을 보면서 '전업주부면서 병든' 엄마이자 아내로서 느꼈던 상실감을 모조리 떨쳐냈다. 짠한 눈길을 보낸 시부모님 이하, 모든 분들께 심심한 '반사'의 눈빛을 전하고 싶을 뿐이다.

종이에서 선으로 그려진 수달을 오려냈다. 수달을 세우고, 뼈대를 만들고, 살을 붙여가는 중이다. 나는 누구한테서도 판단 받지 않고 내 마음대로 살아갈 자유 의지로 채워지는 중이다.

결국, 내가 잃은 건 가부장제의 부역자인 나 자신이다. 내가 상실한 것은 오직 그것뿐이다.

타고, 내리고, 갈아타는 길

"수고 많았지. 너무 잘해왔어요. 정말 애썼어. 앞으론 건강하게 잘 지내요!"

항암을 진료해주셨던 종양내과 선생님이 미리 검사해둔 내 결과지를 훑어보고 목부터 가슴, 겨드랑이까지 꼼꼼히 촉진을 끝내시더니 완치를 선언하셨다. 그러곤 와락 안아주셨다. 긴 포옹을 하면서 선생님은 연신 등을 토닥토닥해주셨다. 둘 다 할머니가 되어 어느 산에서 마주치자며 너스레를 떠시곤 나를 보내주셨다.

암 진단을 받고 5년이 지났다. 늘 제자리 같았던 시간도 이제 끝이다. 빙글빙글 돌아가는 자동 회전문 대신 그 옆의 무거운 병원 유리문을 힘껏 밀고 나갔다. 내 손으로 뭐든 해내고 싶은 의지를 가득 담고.

지하철역에 들어섰다. 멀리서 지하철이 들어오는 소리가 들렸다. 반짝하고 작은 불빛만 보이던 지하철이 가까이 들어오면서 소리가 더 커졌다. 안에 타고 있던 사람들의 실루엣이 스쳐지나가다가 점점 뚜렷해졌다. 속도를 줄이며 멈춘 지하철에 사람들이 타고 내렸다. 성실한 지하철은 곧 천천히 속도를 높이며 출발했다. 꿀렁. 지하철이 움직이면서 가볍게 꿀렁였다. 이 출발 신호가 참 좋다.

전철 안을 둘러봤다. 결혼 전 회사를 다닐 때나, 병원을 다닐 때 쭉 이 노선을 타고 다녔다. 많은 추억과 이야기를 여기에 남겨두었다. 치료를 위해 병원에 가던 어느 날, 이십 대 때 또각또각 구두 소리를 내며 출근하던 모습이 떠올라 눈물을 쏟은 적이 있었다. 기억은 그렇게 왜곡된다. 술 마시고 헤드뱅잉하며 퇴근한 날도 숱하게 많았을 텐데. 아무튼 2호선은 내게 통곡의 벽이 되었다.

오늘 나의 통곡의 벽은 간만에 즐거운 소식을 듣게 될 것이다. 카톡으로 부지런히 소식을 전했다. 하트와 소리 없는 박수가 쏟아졌다. 무소음 잔치에 신나 발을 동동 구르는 사이 내릴 때가 되었다. 출구가 어디더라? 집에 바로 가기가 아쉬워 서점에 들르려는데 순간 헷갈렸다. 그토록 바라고 바라던 완치를 받긴 받았는데, 이젠 어떻게 살아야 할지 막막해진 기분과 겹쳐졌다. 화장실 들어갈 때와 나올 때처럼 달라지는 기분인가? 변덕스럽다고 생각하다가, 달라지는 게 당연한 거 아닌가? 계속 똥줄 타는 기분으로 어떻게 살아가나 싶었다. 상상만으로도 진땀이 난다.

순간, 끼익. 발걸음을 멈추었다. 한 광고가 눈에 들어왔다.

개찰구로 나가는 곳에 걸려 있는 광고판이었다. '아이 돌보면서 경력을 쌓는 아주 쉽고, 단순한 방법!'이라고 쓰여 있는 문구 아래, 잠들어 있는 아기 곁에서 컴퓨터로 일하는 젊은 여자의 사진이 크게 걸려 있었다. 이 광고를 만든 사람은 아기가 밤 아홉 시면 자동으로 흘러나오는 뉴스 시그널처럼 바로 잠드는 줄 아나 보다. 고개만 대면 잠드는 기적의 짱구 베개라도 있으면 모를까. 대중매체가 오랫동안 묘사해온 가정주부를 생각해보면 저런 상황이 가능할 법도 하다. 원피스에 예쁜 앞치마를 두른 엄마, 아기는 방긋방긋 웃고 있고, 울어도 엄마 품에서 금방 뚝 그친다. 자장 자장하면 곧 잠들고 아이들은 또 얼마나 말도 잘 듣는지. 집안은 어지른 틈이 없는 건지, 쉴 새 없이 청소를 한 건지 늘 깨끗하게 정돈되어 있다. 밥상은 또 어땠더라? 접시에 골고루 담은 반찬, 메인 요리도 한두 가지 꼭 있다. 단단한 오해다.

실상은? 아기를 키우는 동안 반찬통에 반찬이 담겨만 있어도 다행이다. 앉아서 한 끼를 제대로 먹는 것도 어렵다. 매일 머리 감는 건 포기하는 게 당연하고, 옷은 젖이나 아이의 침 자국에 늘 축축하다. 가짜 이미지가 켜켜이 쌓여져 보통의 엄마들을 게으르다고 비난한다. 육아를 하면서 경력을 쌓으라는 건 '잠 같은 건 죽어서 자도 되잖아요?'라는 소리처럼 들린다.

육아와 가사 노동이 돈으로 환산되지 않아서 그 노동력이 얼마나 들어가야 하는지 실감하기가 어려울 것이다. 그래서 상상해본다. 육아를 포함한 가사 노동을 인공지능이 따라다니며 돈으로 환산해 지급한다면 누가 주부에게 '집에서 논다는 거짓말'[*]을 쉽게 할 수 있을까.

우리 사회는 멈춤에 인색하다. 엄밀히 따지면 육아는 결코 쉬는 기간이 아닌데도 말이다. 경력을 이어가고 싶은 가장 쉬운 방면은 '일단, 직진'이다. 부모님의 도움을 받거나 스스로 몸을 혹사하더라도 견디는 거다. 밤잠 쪼개가면서 턱까지 내려가는 다크 서클의 흔적도 역시 스스로 지워가면서. 우리는 그 모든 능력을 자기관리라고 부르지 않던가. 암 경험자도 비슷한 처지다. 국립암센터의 조사에 따르면 암 발병 후 실직률이 84퍼센트에 이른다고 하니, 투병 중에도 마음 놓고 쉬

---

[*] 정아은, 《당신이 집에서 논다는 거짓말》 인용

기는 어렵다.

착잡하다. 마침 사단법인 '쉼표'에 대한 기사가 눈에 띄었다. "쉼표는 일과 치료 병행 사회 마련, 치료 후 다양한 삶의 문제에 관해 조명하는 암 애프터케어 전문 연구 기관입니다" 아, 슬로건만 봐도 뭉클해진다. 이런 단체가 생겼다는 사실만으로도 괜히 든든해졌다. '쉼표'에서 올린 기사 중 하나를 발췌해본다.

"생존율 평균 92.7% (2017 국립암센터), 경제활동 주요 연령층 발생도 높은 유방암.

단순한 경제 활동뿐만 아니라 우리가 고민해야 할 다양한 나의 사회적 역할과, 강도 높은 치료와 그 이후 치료 병력을 가지고 살아가야 하는 날에 있어, 애프터케어와 치료와 삶을 조화롭게 만들어가는 것은 매우 중요합니다."

육아와 암 투병은 여러모로 비슷한 면이 많다. 어느 시기보다 치열하게 보내지만 텅 빈 공백과 같은 시간에 때론 허탈해진다. '앞만 보고 달려오다 암 덕분에 나를 돌아보고 쉬게 되었다'는 말을 들어본 적이 있을 거다. 갸우뚱했다. 큰 병을 얻고서야 휴식을 떠올릴 수 있다니. 진짜 그야말로 적자생존이다. 쉬는 틈에 도태될까 두려운, 그만큼 불안한 사회라는 뜻이 아닌가. 출산, 육아를 하든 암을 경험하든 누구나 필요한 상황에서는 쉴 권리가 있어야 한다고 생각한다. 또 시간이 지나면 재기할 기회도 충분히 주어져야 하는 게 아닐까.

노는 건 나중에, 잠은 죽어서, 여가는 사치. 그래서 우리는 죽도록 일하다 병을 얻거나, 은퇴를 하고서 남은 시간에 겨우 여가를 즐긴다. 그땐 이미 삶을 누리기에 너무 늦지 않은가. 그런 세상을 만든 건 결국 우리였을지도 모른다. 쉴 만할 때 충분히 쉬고 다시 일하는 게 자연스러운 사회라면 질병을 누군가의 약점으로만 여기지 않을 것이다.

출구를 빠져나왔다. 아, 그거다. 지하철! 지하철 노선 같은 곳에서 살면 좋겠다는 생각을 해본다. 촘촘한 지하철만큼이나 요리조리 살아갈 수 있는 길이, 선택지가 많은 사회를 상상해본다. 서점에 들러 다시 집으로 돌아가는 길이 부담 없는 것처럼, 언제라도 내가 원하는 곳을 향해 적당한 곳에서 타고, 내리고, 심지어 갈아타는 것도 가능한 판 말이다. 그런 판을 깔아보는 건 어떨까? 그 혜택은 생각보다 많은 사람이 누리게 될지도 모르는 법! 나도, 어쩌면 당신도.

'죽지 않음'을 선택하기로 했다

후루룩 시간이 지나갔다. 완치를 받았고 10년째 암을 추적 관찰하는 중인데 아직은 무탈하다. 아이는 훌쩍 커서 이제 내 손이 필요한 육아의 시간은 끝났다. 애매하게 나이가 찼고 경력이며 재능은 화석처럼 굳었다. 재능이 애초에 있긴 했나? 냉동실에서 꺼낸 생선을 해동하듯 사회로 편입할 준비를 했다. 배울 수 있는 건 다 배우고 자격증도 여러 개 땄다. 봉사활동도 했다. 이만하면 일할 준비가 된 것 같아 이력서를 넣기 시작했다. 그런데 늘 마지막 면접을 넘기지 못했다. 여전히 주변에서는 '그 몸'으로 왜 일을 하고 싶냐며 나를 말렸다. 불합격 통보를 받을 때마다, 차라리 잘된 걸지도 모른다고 생각한 날도 있었다. 애매한 몸으로 어정쩡한 날들을 보냈다. 무기력은 손님처럼 잊을 만하면 찾아왔다.

조한진희 작가의 《아파도 미안하지 않습니다》라는 책을 읽은 뒤 전혀 다른 각도로 암을 바라보게 되었다. 그 후, 페미니즘을 다룬 책들을 읽으면서 왜 아픈 걸 미안해하고, 건강하지 않은 나를 질책하고, 때때로 한없이 감정이 가라앉는 이유를 하나둘 발견해가기 시작했다. 아무리 암을 선물처럼 여기려고 해도 끝내 되지 않았던 마음이 가벼워졌다. 질병에 대한 시선 자체가 달라지기 시작했다. 어린 수달이 백일장마다 갖고 오던 작은 상장을 떠올리며 나의 '애매한 재능'을 떠올렸다. 평범한 내가 겪은 투병 과정을 글로 써봐야겠다는 결심도 그때 생겼다.

글을 쓴다고 야무지게 다짐했지만 막막했다. 우연히 한 달 안에 책을 내주겠다는 사람을 알게 됐다. 그는 한 달 안에 누구든 작가로 만들어주는 일타강사처럼 자신을 소개했다. 그리고 과외비라도 되는 양 큰 금액을 요구했다. 금액도 금액이지만 내가 돌아선 이유는 책의 결말을 제시하는 그의 태도 때문이었다.

"아프니까 세상이 달리 보이죠? 사소한 것에도 감사하게 되지 않습니까? 역시, 아픈 만큼 성숙하게 되지 않던가요? 사람들은 그런 감동을 원합니다. 그런 감동을 녹여주세요."

일타강사라 그런지 주제도 쓱쓱 쉽게 뽑아냈다. 그러면서 몇 권의 책을 예시로 보여줬다. 그의 말이 틀리진 않았으나 그의 말에 동의할 수는 없었다.

살아가면서 겪는 큰 사건, 특히 죽다 살아난 경험은 가치관이나 생활태도를 바꾸는 계기가 되기도 한다. 암 환자의 특별한 경험은 '삶은 소중하다'는 명확한 메시지를 전달할 수 있을 것이다. 누군가의 아픔이 소중한 일상을 일깨워준다는 것은 충분히 의미 있는 일이다. 문제는 그게 너무 매력적인 나머지 다른 이야기는 거의 들을 수 없다는 것이다. 내가 투병기를 쓴다고 했을 때 사람들이 '어떤 감동'을 기대하는 것처럼 말이다.

매일 밤, 나는 일기장에 '죽지 않음을 선택하기로 했다'고 적으며 병에 대한 공포와 두려움을 밀어냈다. 그리고 살아남았다. 터널에서 막 빠져나와 쏟아지는 햇살에 눈을 잠시 감고 있는 것처럼 두 번째 삶 앞에서 어떻게 살아가야 할지 한참 머뭇거렸다. 건강을 잃지 않도록 조심조심 지낸 시간이 짧지 않았다.

수신지 작가의 암 투병기 《3그램》의 마지막 장에는 'never give up'이라고 적힌 별지가 있다. 투병이 힘들어도 포기하지 말자는 의미로 쓰신 거겠지만, 지금 나에게는 그 문구가 새롭게 다가온다. '삶'을 포기하지 말자고. 사는 것처럼 살자는 뜻으로 다가온다.

《혼자 입원했습니다》는 다드래기 작가의 부인과 수술 경험담을 그린 만화책이다. 싱글 여성이 혼자 입원, 수술할 때 일어나는 일들이 이 책에서 가감 없이 펼쳐진다. 회사가 환자가 된 근로자에게 얼마나 야박한지, 결혼하지 않은 여자가 수술 동의서를 작성할 때 곤란해지는 상황, 간병이나 생계에서 겪는 어려움도 이 만화에서 엿볼 수 있다. 혼자 사는 여성은 자신의 생계를 비롯한 생활 전반을 고스란히 혼자 책임져야 한다. 이런 이야기를 읽으며 그러니까 결혼을 해야지, 로 연결되면 곤란하다. 가족이 세트로 움직일 때 기혼여성이 겪는 고충 또한 그에 만만치 않으니 말이다. 기혼 여성뿐만 아니라 '가족주의'는 불특정 다수에게도 이롭지 않다. 나에게 질병이나 어떤 어려움이 느닷없이 닥칠 때, '가족과 나누느냐'와 '가족만이 나눌 수 있느냐'는 전혀 다른 문제니까 말이다. 기혼 여성인 내게 싱글 여성의 질병 경험담이 남 일처럼 느껴지지 않은 이유도 그래서였다.

암을 경험하면서 방충망에 뚫린 구멍처럼 나는 세상의 허점을 발견했다. 모기는 내가 발견한 구멍을 통해서만 들어온다고 착각하고 있었다. 구멍이 많을수록 모기가 많이 들어오는 건 당연한 논리인데 말이다.

얼마 전, 우리 집 방충망에 작은 구멍이 생겼다. 남편은 새로 바꾸거나 모기를 쫓는 전기 매트를 써야 하는 것 아니냐고 물었다. 나는 마트에서 상처에 붙이는 밴드처럼 생긴 방충망 수선 테이프를 사왔다. 남편은 그걸로 되겠냐고 했지만 그 작은 테이프는 톡톡히 제 역할을 해냈다.

모두가 살 만한 사회를 만드는 데 어쩌면 그 작은 변화로도 충분할지 모르겠다. 생각의 변화, 작은 시도와 개선, 일단 그런 것부터라도 말이다.

암이 준 선물?

질병을 둘러싼 여러 가지 이야기에 의문이 생겼다. '암은 축복이야' '암은 선물이야'와 같은 말들, 감사와 감동이 충만한 삶. '바로 지금, 여기서' 곧장 행복할 수 있다는 공통적인 내러티브를 갖고 있었다. 정말? 정말로?

맞는 말도 같았다. 항암을 하는 동안 이파리 같은 몸을 가누면서 전에는 하지 않았던 생각들이 절로 들었다. 먹고, 자고, 그저 몸을 움직이는 것. 어느 것 하나 쉬운 게 없다. 컨디션이 조금이라도 나아지면 흐린 날에 햇살이 잠깐 비추는 것처럼 가뿐해진 몸이 그렇게 반가울 수 없었다. 밥이 잘 넘어가고 오랜만에 산책도 하고 사랑하는 아이가 옆에서 잘 노는 것만 봐도 욕심날 게 없었다. 그래, 사는 게 별건가 싶었다. 쉽

게 행복을 느끼면서 암은 정말 축복일지도 모른다고 생각한
적도 있었다. 암을 겪은 많은 사람들이 이 지점에서 많은 걸
깨달았다고 생각한다.

시간이 더 흐르고 나서야 알았다. 암을 겪은 모두에게 암
이 축복이 될 수 없다는 것을 말이다. 힘든 투병 과정을 거쳐
결국 그것이 축복이 되었다면 다행이다. 하지만 그러기 위해
서는 상당한 운과 환경이 뒷받침되지 않으면 어렵다는 것을
난 인지하지 못했다.

청소년 노동 인권에 관해 공부를 한 적이 있다. 우리나라
의 경우 학생이 아르바이트를 한다는 것에 대한 시선이 곱지
않다고 한다. 학생이 공부를 해야지, 일을? 그렇게 생각하는
분위기가 일반적이다. 학비를 내기 어려운 상황인가? 일단
동정부터 하는 경우가 많고 실제로 생계를 책임져야 하는 학
생들이 생각보다 많다는 것도 잘 모른다. 어떤 경우든 간에
학생의 '노동권'은 일반적인 정서가 아니다. 학생들이 아르바
이트를 할 때 제대로 된 임금이나 대우를 받지 못하는 경우
가 많다는 것을 그때 알았다. 학생들의 노동 실태에 대해 많
은 것들이 제대로 알려졌더라면 학생들의 노동권도 지금보
단 공정한 대우를 받을 수 있을 거라고 생각한다.

한쪽으로 치우친 이야기만 있으면 제대로 된 현실을 알기
어렵다. 많은 문제들이 밖으로 꺼내지기 전에 곪을 수도 있

다. 상대가 암을 경험하면서 어떤 상태에 놓인 줄도 모르면서 암이 삶의 축복이라고 섣불리 말하는 건, 선을 넘는 행위다. 축복인지 폭탄인지는 당사자만이 판단할 일이다.

비슷한 시기에 암을 겪으면서 알게 된 지인들과 농담처럼 하는 말이 있다.

"너에겐 암이 축복이니? 그 말은 왜 유행가처럼 들려? 누가 나보고 그러더라. 암은 축복이라는데 너는 왜 매사 감사하지 못하냐고."

왜 그럴까? 모두들 극복의 아이콘을 동경하니까 그럴까? 그럴 수도 있겠다. 어쩌면 그 한마디로 암 환자가 되어 내내 마음을 짓누르던 죄책감을 벗어던지고, 인격적으로 성장한 모습을 보여줄 수 있다고 생각할 수도 있다. 나의 쓸모, 나의 가치를 가장 쉽게 포장할 수 있는 말이라는 생각이 든다.

암에 걸린 후 생각이 변한 건 사실이다. 전혀 다른 사람이 되었다고 할 수 없지만, 바뀐 생각에 따라 나란 사람은 조금 달라진 것 같다. 바뀐 이정표를 보고 뚜벅뚜벅 걸어가듯 우물쭈물하거나 주저하지 않고 나아가려고 애쓰는 중이다.

그러나 거기서 질병에 대한 이야기가 멈출 때, 혹은 그 굴레를 벗어나지 못할 때, 사춘기를 막 벗어난 아이들이 스스로가 아는 세상만이 전부라고 생각하는 그 지점에서 멈추는 것과 똑같아진다.

질병에 대한 여러 이야기를 꺼내주길 바란다. 당신과 나의
해방일지를 같이 써 내려가 보는 건 어떨까? 그것은 암 혹은
어떤 질병이 모두에게 축복일 수는 없어도 최소한 형벌이 되
지 않는 것에 큰 힘이 되어줄 거라고 믿는다.

존재의 이유

내가 암에 걸려 입원해 있는 동안 시부모님과 친정엄마가 같은 날에 병문안을 오신 적이 있었다. 양가 어른들은 서로 허리를 숙이며 인사를 나눴다. 엄마가 먼저 운을 뗐다.

"이런 데서 다 뵙고. 심려 끼쳐 죄송합니다."

"아닙니다. 사돈, 걱정이 많으시죠? 요즘 암은 금방 잘 낫더라고요. 너무 염려 마세요."

"그렇다고들 하더라고요. 이 서방이 옆에 있으면 든든할 텐데… 이 서방이 해외에서 마음 쓰는 것도 걱정이고요."

"그러게 말이에요. 멀리서 마음이 그럴 거예요. 그렇다고 일을 안 할 수는 없으니까요. 별 수 있나요. 다 잘되겠죠."

탁구공처럼 오가는 대화의 흐름은 너무나 자연스러웠다.

나쁜 단어는 하나도 없는데 찜찜한 느낌은 뭘까? '이 서방'에게 미안할 짓을 한 나 때문에 엄마가 시어머니에게 고개를 숙이는 것 같은 기분이 드는 건 왜지? 병문안 오신 거 맞나요? 이 서방과 영상통화라도 하시겠습니까?

잠시 후, 옆자리 언니네 아들과 남편, 시누이 서너 명이 우르르 몰려왔다. "어휴 이게 무슨 일이니. 괜찮아?" 허물없이 대화하는 모습이 자매 지간처럼 친근해 보였다. 한참 떠들다가 옆자리 언니가 전화를 받더니 잠깐 나갔다 오겠다며 자리를 비웠다. 그때를 기다린 것처럼 시누이 서너 명이 언니의 남편을 향해 몸을 틀었다. 따다닥. 잽싸게 성인 남자 한 명을 세 명의 여자가 병풍처럼 에워싸 앉았다. "나는 네가 더 걱정이야" 구불구불한 커트 머리 웨이브에 중간 중간 흰머리가 보이는 한 명이 잔뜩 얼굴을 구기며 말했다. 얼마나 진심인지 눈썹이 여덟 팔 자(八) 모양이 되었다. 그 옆에서 "그러게 말이야 언니" 하고 길게 한숨을 섞으며 그 말에 동의하는 누군가가 있다. 등지고 있어서 표정은 볼 수 없었던 또 다른 한 명이 "얘가 애 보는 것도, 얘 밥 먹는 것도 다 걱정이야, 걱정" 하며 마저 거들었다. 아마, 추측건대 다들 비슷한 눈썹 모양일 것 같았다.

그런데 이 아저씨의 대답이 가관이었다.

"별수 있어."

아이의 하원과 퇴근 시간이 맞지 않거나, 갑자기 회식이나 출장이 잡히는 경우에 대한 고민이라면 모르겠다. 고민의 주요 내용은 '먹고, 먹이고, 재우고, 씻기는' 등 일상적인 일들에 관한 것이었다. 성인 남자가 다른 사람도 아닌 자기 아이와 함께 먹을 식사 준비가 걱정이라고? "셔츠는 크린토피아에 맡기고 아니다, 모아두었다 주말에 가져오고, 그때 밑반찬을 가져가면 되겠다, 그리고 밥은…" 그렇게 세 명의 여자 형제에게서 의식주에 대한 일체를 지도받고 있는 남자는 나보다 열 살 정도가 많았다. 저 남자는 대체 어떤 세계에 살고 있는 걸까. 남편이고 아빠이기 전에 마흔을 넘긴 성인 남자인 그 사람.

   하긴, 이런 장면은 어딘가 익숙했다. 아내와 사별한 남자의 슬픔은 생전 처음 밥을 하다가 그걸 태우거나, 계절에 맞지 않는 옷을 입는 장면으로 영화에서 연출되곤 했다. 그뿐인가. 일부 정치인의 부인들이 남편 내조한다고 보여주는 사진은 가끔 아이를 챙기는 건지, 남편을 챙기는 건지 잘 모르겠는 이미지들뿐이다. 아내가 있는 남자의 일상생활 기술은 미숙해도 된다는 암묵적인 분위기는 이미 만연하다. 나는 그게 못마땅하다.

   우리 아이는 네 살이 될 때까지 병치레가 잦았다. 병원에 입원한 적도 여러 차례 있었다. 아기의 주삿바늘이 빠지지 않도록 작은 손에 양말을 끼워주고, 몸으로 계속 들어가는 링거액 때문에 기저귀도 수시로 갈아줘야 한다. 밤에 잠을 못 자고 칭얼거리는 아기를 한 손에 안고 병원 복도를 걷고 있으면, 나와 같은 좀비 상태의 엄마들을 여럿 볼 수 있었다.

친정엄마, 시아버지의 병간호도 내 몫이었다. 아이나, 어른 이나, 아플 때마다 내 손을 거쳤다. 그 흐름은 너무나 자연스 러웠다. 그러나 내가 아파 눕게 되자 이제 공공의 적이 된 것 같았다.

이다혜 작가가 〈한겨레〉에 《언다잉》이라는 책을 소개하며 올렸던 글에는 이런 문장이 있다.

"병원 대기실은 돌봄 노동과 데이터 노동이 만나는 장소 다. 부인들은 남편의 서류를 대신 작성한다. 어머니들은 아이 의 서류를 대신 작성한다. 병든 여자들은 자기 서류를 직접 작성한다. 이 문제는 간병에도 똑같이 적용된다."

정말 그렇다. 여자는 남편과 가족들에게는 의무를 떠넘긴 부역자가 되고, 같은 돌봄을 해오던 여자에게는 지긋지긋한 또 하나의 '짐'이 되고 만다. 아픈 것만으로도 미안한 존재. 남 편과 아이의 수발을 못 하면 아쉬운 존재. 여자의 존재 이유 가 꼭 그래야 하나? 아픈 동안만이라도 일단 두 다리 쭉 뻗고 쉬겠다는데, 그것마저도 눈칫밥을 먹어야 하다니. 이게 이상 하다고 생각하는 건 나뿐일까?

비건은 아닙니다만

암을 치료하면서 음식을 선택하는 기준이 달라졌다. 고기보다는 채소가, 이왕이면 제철 재료로 간을 최소화한 음식을 원했다. 투병을 시작한 3년 동안 먹는 데 신경을 많이 썼다. 특별한 식이요법을 한 건 아니지만 가릴 건 가려서 먹었다. 라면은 거의 한 달에 한 번 먹었을라나? 그것도 다진 마늘과 버섯, 토마토를 넣고 면과 스프는 반만 넣어 끓여 먹었다. 고깃집에 가면 쌈만 밥에 싸서 먹었다. 아이스크림이 먹고 싶으면 한살림의 하드를 사먹고 술은 거의 마시지 않았다. 중국집에 가면 짬뽕 건더기만, 피자는 딱 한 조각. 자주 먹지 않아도 그랬다. 어찌 보면 암은 다이어트 코치님이셨다. 그것도 아주 무서운 트레이너 같은 분이셨어, 라고 생각하면서 3년간은 그럭저럭 지낼 수 있었다.

그런데 이런 방식을 지속한다는 게 만만치 않았다. 먹지 말아야 할 음식을 먹을 때마다 나쁜 음식을 먹었다는 죄책 감에 사로잡히는 게 힘들었다. '코끼리 코'를 생각하지 말자 고 다짐하는 순간, 모든 사람의 코가 코끼리 코로 보이는 현 상, 딱 그런 꼴이었다. 집 앞을 나서는 순간부터 햄버거, 피자, 라면 가게가 치명적으로 나를 유혹했다. 나가지 않는다고 능 사도 아니다. 윗집, 아랫집에서 금기 식품(?)을 가져다주는 일도 다반사. 아이가 쿠키나 젤리를 잔뜩 선물 받아 오기도 했다. 평소 좋아하지 않았던 젤리에 마구 이끌렸다. 이게 바 로 '하지 마' 효과인가! 먹지 말라는 음식은 왠지 때깔도 엄 청 고왔다.

그래서 어느 순간 다 내려놓았다. 신기하게도 다 먹을 수 있다고 생각하니 딱히 당기는 음식도 없었다. 집 앞의 가게 들이 간판을 바꾼 것도 아니고, 조명을 끈 것도 아닌데 어느 반짝거림도 안보였다. '못' 먹을 음식이 없다고 생각하니까 '코끼리 코'도 사라지고 마음도 훨씬 편안해졌다. 콩알만 한 알약에 수십억 유산균을 담은 것처럼 마음에 여유가 넘쳐흘 렀다. 그 감정은 자신감으로도 연결되었다. 라면, 햄버거 따 위에 나의 생존이 좌지우지되지 않는다는 것, 기죽지 않아도 된다는 것이 자존감을 세워주었다.

　오랜만에 친구와 만난 어느 날. 그날의 기묘함에 대한 이야기를 해볼까 한다.

　결혼 날짜를 잡은 친구 커플과 나, 친구의 후배 몇 명이 만나 같이 저녁을 먹었다. 친구가 남자 친구네 집에서 처음 식사한 이야기를 꺼냈다.

　"내가 닭 껍질 못 먹잖아. 근데 삼계탕을 해주신 거야. 복날이라고 일부러 끓이셨다면서. 혼자만 땀 흘리고 계시는데 너무 죄송하고 감사하고 그렇더라고. 그래도 어떡해. 닭 껍질을 슬쩍슬쩍 벗겨서 국물 아래 감추면서 먹었지."

　처음 인사 오는 아들의 여자 친구에게 직접 만든 삼계탕을 내어주시는 그분은 마음이 따뜻한 분일 거다. 이야기가 그렇게 훈훈하게만 흘러갔다면 좋았을 텐데. 닭 껍질 발리는 걸 들킨 순간 생선 가시 발리냐고 하시면서, 복스럽게 먹어야 복이 들어온다는 훈수를 듣고 한 번 쿨럭. 다음에 놀러올 땐 닭 손질하는 방법도 알려주신다는 말씀에 또 한 번 쿨럭. 부담감이 잘 우러난 국물만큼 진하게 밀려왔다고 했다. 친구와 결혼할 남자가 같이 있어서 거기서 적당히 웃고 넘어갈 분위기였다. 어떤 후배님의 케일 같은 쌉쌀한 선언만 아니었다면 말이다.

　"닭 껍질만 못 먹으면 다행이죠. 저, 이제 비건입니다! 저라면 한 숟가락도 못 먹었을걸요."

그러고 보니 후배는 아까부터 맥주 앞의 어떤 안주에도 손을 대지 않고 있었다. 배부른가 하고 생각했는데 이유가 다른 곳에 있었다.

비건? 그게 뭐라고. 독립 선언도 아니고. 그저 풀떼기만 먹겠다는데, 왜. 타인에게 강요하지도 않잖아. 그런데 도대체 왜. 그녀가 엄청난 중대 발표를 한 것처럼 술자리는 흡사 백분토론의 열띤 토론의 장이 되었다. 토론이지만 사실은 그녀를 설득하려는 노력들이었다. 너 그러면 사회생활이 힘들다. 닭 껍질만 못 먹어도 눈 밖에 나는 거 보면 모르겠냐. 친구는 느닷없이 나를 향해 "얘도 비건이었다가 돌아왔잖아. 그치?" 하고 눈만 끔벅거렸다. 내가 암에 걸렸었다는 걸 모르는 다른 사람들을 위해 돌려서 한 말이었다. 내가 음식을 가려 먹어서 만날 때마다 월남쌈만 주구장창 먹어주던 친구였다. 대부분 암 환자의 친구나 가족은 그런 배려를 할 것 같지만 그렇지가 않다. 그냥 다 같이 얼싸덜싸 맛있게 먹는 게 우리의 보편된 파티 문화니까 말이다.

우리 사회는 이상하게도 음식으로 눈치를 준다. 가리는 것 없이 잘 먹어야 성격도 좋아 보이고, 특히 술자리에선 분위기 깨지 않게 합을 맞춰 마시는 것도 중요하게 여기는 것 같다. 친구는 그런 고충을 알고 있었다. 그 후배에게 그만큼 비건은 어렵다는 걸 말해주고 싶었던 거겠지. 그들의 이야기를 들으면서 이런 생각이 들었다. 어쩌면 나는 그 분위기를 맞추고 싶었던 건 아닐까? 이런 행동이 암 환자임을 감추는 커버링˙일 수도 있겠다.

그 후, 후배는 도시락을 싸가지고 다니다가 회사에서 별종으로 취급받는다고 하소연을 해왔다. 너무나 예상했던 대로라 씁쓸했다. 신념에 의해서든, 건강을 위해서든 자신이 선택한 대로 먹겠다는 건데 왜 다른 이들의 눈치를 봐야 하는 걸까. 음식을 강요하는 만큼, 먹지 않고 싶다는 걸 말리는 것도 이상하다.

틀리지 않는 한 받아들일 수 없을까? '틀리다'와 '다르다'는 엄연히 다른데 말이다. 후배를 위해 싱싱한 케일을 한아름 사서 꽃다발처럼 만들어줘야겠다.

˙ 켄지 요시노, 《커버링》에 나온 개념

깍두기

핸드폰이 울린다. 엄마다. 엄마는 주로 카톡으로 연락한다. 오전에 불쑥 전화를 건다는 건 엄마의 즉흥적이고 야심찬 계획이 있다는 뜻이다. 잠깐 망설이다 전화를 받았다.

"시장에 왔는데 무가 너무 싱싱해서!"

전화기를 타고 들려오는 엄마의 목소리마저 싱싱했다. 무엇이 우리 안 여사님을 이렇게 생기 넘치고, 들뜨게 했나 했더니 '무'였다. 엄마는 무를 조금 배달시키고 집에 들어가는 길이라고 하셨다. 조금일 리가 없다. 조금이면 애당초 배달을 부탁할 엄마가 아니었다. 엄마의 작은 손은 알고 보면 큰손이었다. 《큰 손 할머니의 만두 만들기》를 보고 깜짝 놀랐었다. 우리 엄마 얘기잖아! 이번엔 또 얼마나 하실까. 쪼그려서 채소를 씻고, 다듬고, 어린애 목욕도 거뜬히 시킬 수 있는 커다란 다라가 몇 개씩 쌓일 걸 생각하니 벌써 지쳤다. 중노동을 엄마 혼자 하게 할 수는 없다. 입을 댓 발 내밀고 가도 또 엄마와 착착 맞는 손발이 바로 나니까. 척척 썰고, 다듬고, 버무리면서 댓 발 나온 입도 부지런히 제 역할을 했다.

"엄마, 난 엄마의 보조 셰프를 하려고 여기로 이사온 게 아니야. 나 일할 준비해야 해! 엄마도 디스크 때문에 이제 무리하면 안 된다니까!"

엄마는 귓등으로도 듣지 않았다. 더 말을 하려고 하면 막 버무린 김치를 입에 쏙 넣어줬다.

"어때?"

"맛있다!"

입안에 침이 고이고 또 이성이 흐트러지고 말았다. 홀린 듯 줄 선 김치통에 새로 한 김치를 차곡차곡 담고 카트에 옮겨 그리고 차에 실어! 보조 셰프는 배달의 기수가 되어 출발했다. 그리고 다음 날, 낑낑거리며 일어나 허리에 파스를 붙이며 다짐한다. 진짜 이번이 마지막이야!

차에 시동을 걸면서 오늘은 제대로 엄마를 설득하리라 다짐했다.

엄마 나왔어, 하고 씩씩하게 웃으며 들어서는데 역시나 무가 한가득이다. 무는 왜 하필 싱싱하고 저렴했을까. 왜 쓸데

없이 세일까지 했을까. 엄마는 벌써 베란다에서 무를 씻고 계셨다. 무덤같이 한 무더기 쌓인 무 더미 때문에 몸집 작은 엄마가 쏙 가려져 있었다. 고무장갑을 끼고 내 자리로 비워 둔 앉은뱅이 의자에 털썩 앉았다. 짧게 한숨이 나왔다.

"엄마, 엄마는 김치 담그는 게 재밌어?"

얘 또 시작이다, 하는 눈빛을 보낸다. 제일 맛있어 하는 게 누군데 하면서 소금 자루를 가져오라고 한다. 시답잖은 소리 는 이제 그만 하라는 말처럼 무 자르는 소리가 딱, 딱 더 크게 들렸다. 아, 눈빛으로 모든 걸 말하는 우리 안 여사님!

그래, 글렀다. 70 넘은 엄마의 생각을 내가 무슨 수로 바꿀 수 있겠는가. 그냥 적당히 맞추고 적당히 빼면서 살아야지 뭐. 나도 타박타박 무를 썰어나갔다.

"괜히 무리하다 탈 나지 말고 쉬엄쉬엄 살아. 그냥 살아."

마침 무 중간에 정확히 칼이 꽂혀 반으로 쪼개질 참이었 다. 이거였구나. 엄마가 바란 게. 자꾸 김치를 담그고 음식을 해서 나누는 그 의미가 나랑 오순도순, 설렁설렁 살자는 거였 다. 회복과 완치의 사이에서 취업의 기회가 있을 때마다 남 편, 친정 식구들의 반대에 부딪혔다. '나, 성인인데 왜 나의 일 신상의 결정을 그대들이 해?'라고 강력하게 항의를 하고 싶 지만, 걱정하는 마음을 무시할 순 없었다. 그리고 더 깊은 마 음속엔 나 역시 나에 대한 확신이 없었다. '해도 될까? 몸에 무리가 가는 건 아닐까?' 내 몸은 일할 준비가 된 건가? 고민할수록 풀리는 게 아니라 꼬인 실 뭉치처럼 복잡해졌다.

음식을 해서 나누는 일이 하찮다는 게 아니다. 엄마의 음식은 나의 몸뿐만 아니라 마음까지 살찌워줬다. 전업주부의 삶은 충분히 가치 있다. 오히려 타당한 대우를 받지 못하는 것을 감안한다면 '놀아도' 죄책감을 가질 필요가 없다.

'가장'이 돈 벌어오는 게 당연하다고 생각하는 남편과 육아를 책임져온 나 사이에는 자연스럽게 분업이 이루어져 있었다. 경제적 책임을 다하는 남편이 없었다면 나의 투병 과정은 녹록치 않았을 게 분명하다. 우리 집은 가부장제 시스템에서 잘 돌아가게끔 딱 맞춰져 있었다. 남편은 고리타분하거나 가부장적인 권위를 내세우지는 않았지만, 내가 일하고 싶어 하는 것에 대해서는 생각이 늘 나와 달랐다. 그가 내게 행하는 호의와 친절이 고마우면서도, 우리가 수평적인 관계에 있는 게 맞나 싶을 때도 많았다.

일하고 싶은 데 여자라서, 아픈 경험이 있어서 구구절절 이렇게 사족을 붙여 합리적인 이유를 들이대며 납득시켜야 하는 것 자체가 답답한 현실 아닌가!

조기현 작가의 〈아픈 몸의 노동권〉이라는 칼럼에서 노인성 질환을 가진 어르신들의 노동에 대한 열망과 함께 '아픈 몸 노동권'을 다룬 글을 본 적이 있다. 사람은 누구나 어떤 상황에서나 일하고 싶은 욕구가 있다. 노동은 권리이다. 자본주의와 가부장제도가 결합한 시스템에서 살면서 나는 깍두기의 삶을 살아가는 것만 같다. 그 이유가 혹시 내 몫의 노동권마저 남편에게 넘겨서 그런 건 아닌가? 일을 하는 게 옳다, 그르다를 따지자는 게 아니다. 그저 1인분의 삶인 내 삶을 고스란히 살아보고 싶다. 그 욕구가 단지 일로 연결되었을 뿐이다.

나중에 나는 내 아이에게 깍두기를 담가주진 못할 것 같다. 음식으로 엄마를 추억할 수 없다는 건 안타까운 일일지도 모른다. 하지만 언제나 후회 없이 살려고 노력했고, 그러면서 뿌듯하고 행복해했던 모습을 아이가 기억하게 해주고 싶다. 내가 물려주고 싶은 유산은 딱 그거 한 가지니까.

걱정 마, 아들. 엄마가 맛집은 많이 알잖니!

닫힌 문

| 김수달 님. 우리 병원을 지원해주셔서 감사합니다. 최종 면접에서 안타깝게 탈락하셨음을 알려드립니다. |

호스피스 병원에 이력서를 넣었다. 암 환자들이 대부분인 그곳에서는 암 치병의 경험이 어쩌면 유리할 거란 기대를 품었다. 모집 요강에 나이, 성별, 경력 무관인 것을 보고 자신 있게 지원했다. (덕분에 서류에서 광속 탈락하지는 않았나 보다) 최종면접만 남은 상태였다. 면접 내내 분위기도 좋다. 면접을 마칠 무렵, 출근은 바로 가능한지, 출퇴근은 어떻게 할지 등을 묻는 면접관의 얼굴을 보고 내심 기대도 했다. '마지막으로' 한 면접관이 던진 질문을 받기 전까진 말이다.

"건강상 특이사항은 없죠?"

머뭇거릴 필요도 못 느꼈다. 그러나 나의 대답 후 고개를 잠깐 갸우뚱하는 그 모습이 목에 걸린 생선 가시처럼 신경 쓰였다. 그것 때문이었을까? 역시, 불합격 통보를 받았다. 암을 경험했다고 말하지 말아야 했을까? 이미 완치 판정을 받았는데 굳이 밝힐 필요가 있었을까? 아니다. 나이, 성별, 경력 무관이지만 무관할 리가 있나. 그 모든 조건에서 우세한 사람을 뽑았을 것으로 생각하고 아쉬움도 금방 털어냈다. 그런데 비슷한 일이 몇 번 반복되자 암이 정말 걸림돌이 된 건 아닌가 의심이 생겨버렸다.

이쯤 되니 어쩌다 암 환자가 되었나 싶어 억울해진다. 그 원인을 한 번 따져보자 싶었다. 먹는 게 문제였을까? 술, 라면, 햄버거 같은 인스턴트 식품, 마트에서 흔히 파는 과자나 군것질거리…. 한 번도 먹어본 적 없으신 분?

스트레스와 과로, 늦은 시간까지 한 야근. 여덟 시간 이상 채우지 못한 잠. 살면서 스트레스 없으신 분?

미세먼지, 배기가스, 담배연기 등. 공해 없는 곳에서 사시는 분?

내가 암 환자가 될 이유는 차고 넘쳤다. 가만, 근데 나만 그런가? 누가 봐도 난 평범한 삶을 살아가는 30대 여성이었다.

왜 하필 나야! 아무리 따져 봐도 별다른 이유가 없었다. 그럼, 암에 걸릴 만한 사람이 있는 건가? 결국 '왜'의 질문 끝에 내린 결론은 우연히 마주친 잘못된 만남 같은 것이었다.

이 잘못된 만남을 끝내기 위해서는 어떻게 해야 할까? 어렵게 생각할 필요가 없었다. 어쩌다 이런 사람이 나타났냐고 후회해도 소용없다. 방법은 단 하나. 인생이 더 꼬이기 전에 관계를 끊어내면 된다. 암을 뻥 차버릴 계획을 세웠다.

술은 바로 끊었고 몸에 나쁘다는 음식을 되도록 먹지 않았다. 매 끼니 채소를 빠뜨리지 않고 먹었다. 되도록 늦은 밤까지 깨어 있지 않았고 운동도 했다. 갈등을 당장 풀기 어려운 인간관계는 정리도 했다. 이만하면 되지 않았나 싶을 정도로 싹 다 바꿨다. 충분히 회복했다고 생각했다. 이제 슬슬 뭐라도 해볼 수 있지 않을까 싶었다. 그러나 기회는 가로막혔고 사람들은 늘 조심하라고만 했다. '넌, 건강이나 신경 써!'는 어디서나 쉽게 들려왔다.

〈엄마가 안 아프다면〉에서 육아 상담을 받을 때, 교수님은 마지막 시간에 이렇게 말씀하셨다.

"바꾸고 싶은 삶의 단면을 바꾸고 살아 있는 것처럼 살아가세요."

그 의미를 이제야 알 것 같다. 교수님은 많은 암 환자들이 스스로 자신의 건강을 걱정하며 지레 포기하는 경우가 많다는 것을 아셨던 것 같다. 다시 교수님을 찾아가 여쭙고 싶다.

"그런데요, 교수님. 제가 마음을 고쳐먹어도 세상은 전혀 바뀔 기미가 안 보입니다. 어떡하죠?"

누구나 오늘을 살 뿐이다. 암 환자였다는 사실 때문에 오늘을 포기할 수는 없다. 내일을 꿈꾸지 말라는 법도 없다. 암은, 암일 뿐이다. 내가 한때 겪은 질병일 뿐이다. 암이 나의 전부가 아니라는 것을 이제는 안다. 나를 구성하는 것은 암이 아니라 그 자체의 나라는 것을 스스로 상기시켜 본다. 그리고 그러한 사실을 상기시키지 않아도 될 만한, 누구든지 꿈을 가지며 살아간다는 게 자연스러운 사회가 되길 바라본다.

이제 그 닫힌 문을 열어주시겠습니까?

이해가 될 때까지 계속

나는 어떻게 죽을까, 나의 죽음을 가끔씩 상상해본다.

국민학교 5학년 때였나 보다. 유독 추웠던 그해 겨울, 같은 반 태우라는 친구의 엄마가 폐암으로 돌아가셨다. 동네에서 장례를 치르던 때였다. 태우네 집 앞에 상아색 커다란 천막이 펼쳐졌다. 천막 둘레에는 한문으로 굵게 '謹弔'라고 적힌 등이 드문드문 걸렸다. 밤이 되면 그 등에 붉은 빛이 켜졌는데, 바람에 등이 출렁거릴 때마다 검붉은 연기가 피어오르는 것만 같았다.

엄마는 며칠 동안 매일 저녁 태우네 다녀온다고 했다. 태우네 집은 우리 집 바로 맞은편에 있었다. 엄마가 나가면 안

방 창문에 매달려 몰래 천막 주변을 들여다봤다. 막연하게 무서웠던 거 같다. '암은 어떤 병이길래 죽기까지 하는 걸까. 우리 엄마는 죽지 않겠지?' 그런 확신을 얻고 싶기도 했다. 엄마를 잃은 태우에게 그런 마음을 들키면 안 될 것 같았다. 겨울바람이 창문으로 스며들어도 손에는 식은땀이 흘렀다.

다음 날 아침, 붉은 등은 꺼졌다. 구름은 낮게 깔려 있고 바람은 세차게 불었다. 두꺼운 천막 틈새에서 윙 소리가 찢기듯 났고, 마른 나뭇잎이 천막 주변에서 공중에 휘돌다 떨어졌다. 두툼한 점퍼도 입었고 손 모아 장갑도 꼈다. 목도리까지 칭칭 둘렀는데도 너무 추웠다. '태우는 저기서 잤을까?' 오도카니 서 있는데 태우가 나타났다. '어, 어떡하지?' 안녕하고 인사했다. 참 바보 같은 인사라는 생각이 들었다. 머리를 쥐어박고 싶은데 태우가 안녕, 하고 대답했다. 얼른 뒤를 돌아 학교로 갔다. 아무 일도 없었다는 듯. 가면서 수만 가지 생각이 떠올랐다. '구경거리가 된 느낌이었으면 어떡하지? 같이 학교 가자고 할 걸 그랬나?' 정말 바보 같다는 생각이 들면서 걸음이 빨라졌다. 목도리 안으로 열기가 차오르면서 이상하게도 눈 주변이 뜨거워졌다.

며칠 뒤 천막은 사라졌다. 태우는 학교에 왔다. 태우가 학교 오기 하루 전날, 엄마도 선생님도 태우가 학교에 오면 잘해줘라, 라고 하셨다. 마치 태우에게는 비밀이라는 듯 미리 알려주시는 것 같았다. 학교에 온 태우는 수업 시간에도, 쉬는 시간에도 창밖만 바라보고 있었다. 태우는 늘 남자 애들하고 축구를 하면서 놀았다. '특별히 같이 뭘 했던 게 없는데 어떻게 잘해줘야 하는 거지?' 게다가 태우는 점심시간에 밥도 먹지 않고 어디론가 늘 사라져버렸다.

며칠 뒤 점심시간에 태우를 발견했다. 바지 주머니에 손을 넣고 운동장의 작은 돌을 발로 차며 돌멩이가 구르는 방향으로 몇 발짝씩 터덜터덜 내디디며 걷고 있었다. '밥 안 먹고 뭐해?' 그렇게 묻고 싶었는데 목 안에 딱 걸려 나오지 않았다. 태우랑 늘 축구 경기를 하던 아이들은 운동장 스탠드에 실내화 가방을 주르륵 세워 두고 공을 주고받고 있었다. 저런 무심한 놈들! 나는 아무것도 묻지 못하면서 괜히 축구하는 아이들을 째려봤다.

죽는다는 건 정말 무서운 일 같았다. 나도, 엄마도, 선생님도 그리고 친구들이나 동네 사람들 모두 태우 엄마의 죽음에 대해서 어떤 이야기도 하지 않았다. 당시 동네 아주머니들은 태우네 이야기를 하다가도 아이들이 오면 금방 주제를 다른 데로 돌렸다. 누가 태우라는 이름만 꺼내도 "왜? 왜?" 하고 급하게 말이 빨라졌다. 모두 아무 일도 없었다는 듯 시간이 빠르게 흘러 기억에서 그 일이 잊혀지기를 바라는 것만 같았다. 우리만큼, 어른들도 태우에게 어떤 위로가 필요한지 모르긴 마찬가지였을 거다. 엄마는 종종 태우가 도시락은 싸 갔으려나 하고 혼잣말만 하셨다. 열두 살. 어리지만 말해주면 다 이해할 수 있을 것처럼 당돌했다. 아니, 이해를 하려고 노력했을 거다. 우리 반 친구에게 일어난 일인데 우리들에게 쉬쉬하면 안 되는 거 아닌가.

나는 우리 세대가 대화하는 방법을 모른다고 생각한다. 토론도 마찬가지다. 큰일이 생기면 꺼내놓고 이야기를 하는 대신 쉬쉬하면서 덮고, 대충 넘어가는 건 그때부터 습득된 것 같다. 그렇게 자란 우리들이 진지한 이야기를 나눌 줄 모르고, 가십만 나누는 어른이 되는 건 당연한 일일지도 모른다.

이제는 대부분의 사람이 병원에서 죽는 시대다. 죽음을 앞둔 대부분의 사람들이 요양 병원에서 지낸다. 말쑥하게 차려입은 건강한 사람들이 활보하는 세상에 익숙한 나머지 사는 동안 이미 밀려나는 존재들도 있다. 정신병원, 외곽의 특수학교 등….

그 속엔 우리의 평범한 죽음도 당연히 끼어 있다.

살아 있는 한 삶을 즐기고 싶다. 후회 없이 살고 싶다. 그렇다고 삶의 반짝거리는 찰나만 보고 싶진 않다. 무겁고 골치아프다고 생각하는 일들을 자꾸 미뤄두면 정말 삶이 가벼워

질까? 그렇게 가벼운 삶을 살면 정말 홀가분할까?

치열하게 살다가 결국 요양병원에서 눈 감는 게 허무하게 여겨진다면 어떻게 죽을지에 대해 생각해봐야 한다. 이야기도 더 많이 나누어야 한다. 죽음을 정면으로 이해해볼 새도 없이 죽음을 맞이하는 한, 죽음은 누구에게나 오는 것이지만 여전히 누구에게나 어려운 것이 될 것이다. 앞으로도 계속 나는 이야기하고 싶다. 이해가 될 때까지 계속.

기준

암 환자라고 말할 때 상대방의 눈에서 읽히는 감정들은 다소 복잡했다. 걱정스러운 마음과 함께, 젊은 나이에도 암에 걸릴 수 있다는 불편한 사실을 눈앞에서 목격하며 놀라워하기도 했고 신기해하기도 했다. 그러면서 '너'에게 일어난 그 일이 '나'에게는 절대 일어나지 않을 거라는 어떤 확신을 갖고 싶어 했다. "생리 늦어지는데 문제 있는 거 아니겠지?" "생리 전에 가슴이 좀 아픈데 괜찮은 거지?" 그리고 질문의 끝에는 항상 "아, 정말 무서워. 진짜 나는 안 되는데!" 같은 말이었다. 그때의 심정은 불이 난 우리 집을 보며 "불난다! 꺼지겠지? 아, 끔찍해!" 하는 타인의 모습을 멍하니 바라보는 기분이었다.

암 진단을 받은 지 얼마 지나지 않았을 때의 일이다.

한 번은 아는 동네 엄마가 영양 보충을 해준다며 밥을 먹자 해서 나갔더니 처음 보는 그녀의 지인들 몇 명이 나와 있었다. 다들 어쩌다 이런 일이, 하면서 깍지 낀 두 손을 입술 근처에 갖다 대고 있었다. 심심한 위로를 충분히 전했다고 생각했는지 곧 이것저것 내게 묻기 시작했다. 가슴에 만져지는 이런 멍울이 괜찮은 건지 모르겠다며 가슴을 내게 내미는 이가 있었다. 그렇다고 처음 만난 날, 그녀들의 가슴을 만져볼 수는 없는 것 아닌가. 게다가 나는 전문 의료인도 아니고 우리는 악수조차 하지 않았는데 말이다. 나는 멍울이 잡혀 병원에 간 게 아니라고 했다. 이 상황에 마침표를 찍듯 '아무런 징후도 없었어요'라고 했다. 그게 사실이니까. 순간 쇄골 주변을 부지런히 움직이던 손들이 동시에 멈추었다. 불안하면 병원에 가보는 게 낫지 않겠느냐고 말했다가 어디선가 서늘한 공기가 횡 불어오는 것 같았다.

"에이, 별거 아닐 거예요! 아니예요! 암은 뭐 아무나 걸리나. 하하하."

나는 아무 일 없었다는 듯, 연근 샐러드를 향해 젓가락을 뻗으며 말했다. 입 속에서 연근이 와사삭 부서질 때쯤 "그치! 그렇겠지?!" 하면서 곧 다시 떠들썩해졌다.

누군가 버섯나물을 동그마니 잘 쌓아 올린 접시를 내 쪽으로 가까이 밀었다. 고개로 자기 옆을 가리키며 이분이 여기가 유기농 식재료를 쓴다고 해서 일부러 여기서 보자고 한 거라고 했다. 식당을 소개했다는 분은 잔잔한 미소를 띄우며 고개를 끄덕끄덕하고 있었다. 예의 좋은 사람처럼 보였고 누구보다 본인 스스로 그렇게 생각하는 것 같았다.

우리 모두 소소한 만성 염증 하나쯤 달고 산다. 우연히 아는 사람 중에 중병에 걸렸다는 소식을 들을 때면 잊고 있던 불안감이 번쩍 고개를 드나 보다. 쉽게 불안해지고 더 쉽게 그 마음을 놓고 싶어 한다. 건강에 대한 불안의 고리를 끊어낼 습관을 만들거나, 안 하던 운동을 한다거나, 아니면 병원을 찾아 문제의 원인을 찾는 적극적인 행동을 하는 대신, 사람들은 쉬운 방법을 선택한다. 중병에 걸린 이들과 자신을 비교해 나와는 다르다는 확신을 얻고 거기서 불안감을 툭툭 털어내고 싶어 하는 것 같았다.

오늘도 그렇게 불안에 대처하는 자세를 가진 이들에게 내가 초대된 자리였다. 나는 조미 김 맨바닥에 깔린 흡습제처럼 그들의 불안감을 싹 걷어주었다. 그들은 골칫거리에서 다시 벗어난 듯 보였다. 버섯나물에서는 노랑 고무줄 같은 맛이 났다. 식사를 마친 뒤 "커피는 마셔도 되지?" 하면서 베이커리 카페로 자리를 옮겼다.

무례하다 싶을 정도로 병의 원인을 묻거나 혼자 애 키우다 병났네, 너네 시가가 유별나서 그런 거 아니냐며 선을 넘는 건 다반사다. 공공의 적이 필요하지 않았다. 건강한 사람들이 건강을 잃은 나에게 가장 궁금하고 가장 알고 싶었던 건 암에 걸린 이유와 어떻게 그 암을 발견했느냐다.

조한진희 작가의 칼럼에 '건강을 잃으면 건강만 잃은 것이다'라는 문장이 있었다. 그렇지! 무릎을 탁 쳤다. 별거 아니네? 딱 그 생각이 들었다. 내 병이 사소하다는 게 아니라 인생이 끝난 것처럼 생각하지 않아도 된다는 걸 깨달았다. 조심하고, 염려하고, 걱정하느라 눅눅해진 마음을 햇살에 툭 널어 바짝 말린 기분이 들었다.

암에 걸린 후에도 삶을 지속할 수 있는 방법을 고민하는 게 더 '건강한' 사회라는 생각이 그때부터 든 것 같다. 암이 내 몸에 온 걸 안 순간 심장이 쿵 떨어지는 충격을 받았지만, 나와 가족의 삶이 흔들리진 않을 거라는 견고한 신뢰가 있다면 얼마나 좋을까 싶었다. 마치 코끼리가 지나가도 흔들리지 않는 침대처럼.

'건강한 사람'을 기준으로 만들어진 세상에 대해 새삼 의아함을 느낀다. 사회라는 건, 누구나 살아가기에 적합한 환경을 제공하는 데 목적을 두고 만들어져야 하는 거 아닌가? 지금의 세상은 철저하게 비장애인을 기준으로 만들어진 거

대한 구조물 같다. 비장애인으로 살면서 내가 이해할 수 있는 부분은 한정적이다. 그들을 다 아는 것처럼 들릴까 봐 이런 생각은 조심스럽다. 그런데 병원을 오가면서 본 것만 나열해도 이미 적지 않은 상황들이 있다. 유방 단층 촬영기계는 똑바로 서서 두 팔을 펼칠 수 있는 사람에게만 적합해 보였다. 나의 경우 오른쪽을 수술해서 왼팔로만 혈압을 잴 수 있는데, 그런 공간조차 병원에는 고려되어 있지 않았다. 진료실에는 병을 수어로 설명해주는 사람이 없었다. 의사소통이 어렵거나 가족이 없는 사람은 병원 문턱이 한없이 높을 게 빤했다. 진료를 끝내고 집으로 돌아가는 길, 만약 휠체어를 타고 지하철로 이동하게 된다면 병원을 오가는 것만으로도 만만치 않겠지.

초등학교 때, 선생님은 체육 시간이면 운동장에 먼저 나가 뿔뿔이 흩어져 놀고 있는 우리들을 호루라기로 삑-하고 부르셨다. 우르르 흙먼지 일으키며 모인 우리가 수업을 하려면 정돈된 정렬이 필요했다. 그럴 때 선생님은 누군가를 지목하셨다.

"수달이 기준!"

그럼 수달을 기준으로 착 대형이 펼쳐지며 체조하기 알맞은 행렬이 만들어졌다. 기준은 수달도, 수달의 짝꿍도, 누구

도 될 수 있었다. 누가 기준이 되더라도, 어디서라도 모두가
편하게 운동할 수 있는 준비를 할 수 있었다.

　지금, 그 기준을 바꿔보는 건 어떨까. 앞으로 질긴 생명을
갖고 살아가게 될 우리나, 우리 아이들 모두가 잘 어울려 살
아갈 기준으로 말이다.

이제 그만두기로

"크게 아프거나 다치고 나면 어떤 단절이 생기고, 덕분에 정말 중요한 것이 무엇인지를 다시 생각하고, 다시 시작하고 다시 살피는 계기가 된다. 그건 우리에게 주어진 시간이 제한적이며 그것을 낭비해서는 안 된다는 것을 일깨워주는 사건이다. 그리고 과거와 단절함으로써 새롭게 시작할 가능성을 열어 주기도 한다. 하나의 질병은 수많은 단절이고, 당신은 스스로 향하고 있던 어떤 이야기의 줄거리, 혹은 그 의미에 다시 가서 붙어야만 한다. 모든 질병은 서사이기도 하다."
                                                   - 리베카 솔닛,《멀고도 가까운》

결혼 17년 차가 된 후 명절에 관한 의무를 많이 내려놓았다. 연차가 쌓여 저절로 생긴 여유는 아니었다. '전의 전쟁'을 끈질기게 치르고 얻은 결과다.

친정에서는 명절마다 어마어마한 양의 음식을 했다. 거실 바닥에 신문지를 쫙 펼치고 전기 프라이팬 몇 대가 놓이면 명절이구나, 하고 실감했다. 밀가루를 묻힌 동그랑땡이나 동태전 등을 퐁당 달걀물에 묻혀 부지런히 부쳐낸다. 하루를 꼬박 그렇게 보내면 허리는 새우깡처럼 휘어졌다. 어느새 날은 컴컴해졌고 베란다에 펼쳐놓은 여러 개의 넓은 채반에는 전이 가득 쌓인다. 전만 하나? 아니다. 만두도 그만큼 빚었다. 가스레인지 위에는 커다란 곰 솥에 육개장, 갈비찜을 한가득 끓였다. 신문지를 싹 걷어내고 바닥을 정리한 후 나박김치며 겉절이를 담갔다. 설날에는 방앗간에서 뽑아 온 가래떡을 썰고 추석에는 송편을 빚었다.

그렇게 만든 음식은 이 집으로도 가고, 저 집으로도 갔다. 그중 우리 시가도 있었다. 음식을 한 김에 조금 싸가는 게 어려울 일이겠느냐마는…. 여럿이 모여서 하면 이런 건 뭐 일도 아니지, 라며 당연하게 드시는 건 얄밉게 보였다.

그러다 친정의 상황이 달라졌다. 우선 주요 노동을 맡고 있던 내 건강이 나빠졌고 엄마의 허리디스크도 심해지셨다. 그래도 엄마는 한사코 음식을 하겠다고 하셨다. 엄마는 내가 항암 후유증에도 가족을 위해 꾹 참고 음식을 할 거라고 생각하셨다. 호소력 짙은 연사가 되어 외쳐보았다. 상황이 이런

데 시켜 먹더라도 같이 쉬는 게 좋지 않겠습니까. 같이 즐겁게 보내는 게 중요하지, 음식 만드는 것에 그렇게 힘을 빼야만 하나요. 우리 중에 한국 음식 그리운 사람이 있습니까. 아니면 평소에 제대로 먹지 못해 기름칠을 안 하면 섭섭한 사람이 있습니까! 대체 누구를 위한 명절입니까! 음식 하고 나면 파스 붙이고 드러눕는 게 명절 분위기 내는 겁니까! (참고로 양가 모두 제사를 지내지 않는다)

아무도 내 말을 들어주지 않았다. 그렇다면 이 상황을 바꿀 수 있는 건 내 손에 달렸다! 일단, 남편부터 목표로 했다. 친정에서 전 부치고 집에 와서 또 부엌에 섰다. 한두 해 하던 남편이 내게 먼저 제안했다. 사자! 백화점에서 전문가들이 부쳐낸 먹음직스러운 전을 사서 시가로 갔다.

동태전 위에 고명으로 올린 쑥과 홍고추가 흐트러짐 없이 있는 게 문제였다. 아버님이 단박에 알아보시곤 "친정에서 한 거 아니지?" 하고 물으셨다. 어쩜, 눈썰미도 좋으셔라.

"네! 이제 친정에서 음식을 많이 할 수 없어서요. 백화점에서 사 왔어요. 맛있다고 소문나서 예약하고 사왔는데. 맛있죠?"

일부러 천연덕스럽게 대꾸했다. 다음 날, 시어머니에게 전화가 왔다.

"그거 먹고 탈이 났어, 얘."

이상하다. 산 음식이라고 거의 안 드셨는데… 아무튼 홈메이드 전이 아니면 몸에 맞지 않으시다니 별 수 있나. 그렇게 시가 먼저 전 없는 명절이 시작됐다.

리베카 솔닛의 저 좋은 문장을 인용하면서 생각해낸 게 고작 명절 음식이냐고 할지도 모르겠다. 나에게는 큰 사건이었다. 심시선 할머니처럼[*] 제사에 대한 참신한 제안은 하지 못하더라도, 같이 즐기는 명절을 구상해보는 게 이렇게 어려운 일일까.

어른들이 살아온 시간은 다르니까 적당히 맞춰드리고, 내가 어른의 위치가 되면 그때부터 다른 명절을 만들어도 되는 거 아닌가, 그때까지 참아볼까? 그런 생각을 안 했던 것도 아니다. 그렇지만 내 아들을 생각하니 그럴 수 없었다. 음식을 하고 오면 소화제를 먹고 손가락을 따는 엄마의 모습을 아이는 어떻게 받아들일까? 자기도 모르는 새에 엄마라는 사람은 참고 버티는 존재라고 은연중에 생각하게 되지 않을까.

강화길의 〈음복〉에서처럼 내 아들이 그렇게 착하고, 말갛기만 한 아들로 성장하길 바라지 않는다. 상황에 따라 당연히 해오던 것들도 바꿀 수 있다는 걸, 무엇보다 누구의 희생이나 의무를 강요하지 않는 모습을 생활 속에서 자연스럽게

---

[*] 정세랑, 《시선으로부터》에 나오는 주인공 할머니

보고 자라는 게 나을 거라는 확신이 들었다. 평등이나 존중은 머릿속 개념이 아니라 생활 속에서 차고 넘치게 보는 게 더 중요하다고 생각했기 때문이다. 보통 가치관은 스며드는 거니까. 무엇보다도 당장 내가 살아야 하지 않을까?!

이제까지 고분고분 관습을 따라오던 행동을 그만두기로 했다. 평소에도 야무지게 나를 챙기며 살아갈 작정이다. 나에게는 그게 새로운 연결이다. 희생? 헌신? 그런 숭고한 정신은 전 부칠 때 쓰지 않아도 된다. 그리고 이제 구체적인 행동으로 새로운 연결을 이어가는 중이다. 몇 가지만 꼽아보자면 이런 것들이다.

외출할 때 아이나 남편의 식사를 일부러 준비하지 않는다. 월경통이 심한 나에게 자체 생리휴가를 선사한다. 시부모님의 불필요한 간섭에 '아니오'를 확실히 한다. 가끔 핸드폰을 비행기 모드로 하고 철저히 혼자만의 시간을 갖는다. 거창한 꿈은 아니더라도 나의 행복 리스트를 수시로 업데이트하고 실천한다. 그중 하나로 모발 기부를 위해 열심히 머리카락을 기르는 중이다. 똑 단발이 될 얼굴이 기대된다. '나이스 진' 이모티콘과 싱크로율 99퍼센트를 기대하며.

자유로운 재즈 같은 삶

투병 중이나 투병 후 회복기 동안 일상을 유지하거나, 해야 할 일을 하는 것은 나에게도 이롭다. 박자를 맞추고 리듬을 타며 연주하는 것처럼 내 삶이 문제없이 흘러간다는 것을 그런 데서 느낄 수 있기 때문이다. 가끔 박자와 리듬에 익숙한 나머지 변주를 시도할 엄두를 못 내서 문제가 되기도 하지만 말이다.

파스타를 하면 꼭 쓰게 되는 그릇이 있었다. 넓고 납작한 그릇 위에 다른 그릇들을 차곡차곡 쌓아 두었다. 파스타를 먹으려면 의지가 필요했다. 파스타 볼 위에 무겁게 누르고 있는 그릇들을 조심스레 들어서 겨우 그릇 하나 끄집어내고 다시 올려두는 과정을 거쳐야 했다. 늘 그래왔으니까, 그게 당

연한 줄 알았다. 쌓아 올린 물건이 없다면? 그런 건 생각하지
도 못했다. 어느 날 손목이 시큰거려 파스를 붙였다. 파스 붙
은 손목을 보면서 한 손으로도 번쩍번쩍 옮길 수 있는 만큼
의 살림만 허용하기로 했다. 비워낼 물건들을 골라내기 시작
했다. 의자를 디디고 올라가 손을 뻗어 겨우 닿는 곳의 물건
들을 보니 새로웠다. 오븐을 비울 때 같이 버려도 좋았을 쿠
키 틀이나, 사서 몇 번 쓰고 방치된 아이스크림 틀, 이 나간
뚝배기까지. 다른 용도로라도 쓰겠다고 버리지 않고 쌓아둔,
하지만 다시는 영영 쓰지 않을 것 같은 물건들이 가득하였다.
다 들어내서 정리했다. 팬트리는? 역시 꽉 차 있었다. 언젠가
의 용도를 위해 꽉 들어찬 물건들이 답답해 보였다. 들어내기
시작했다. 유통기한이 훌쩍 지난 클렌징폼과 여행 갈 때 쓰려
고 남겨둔 화장품 샘플들이 스멀스멀 나왔다. 세안제로 욕실
청소를 하고 그 자리를 비워두었다.

　그 뒤로 손이 닿는 곳에 내 손과 키에 쿵짝이 맞는 물건만
채워두었다. 헐거워진 공간에서 여유로움을 느꼈다. 어디든
숨통을 열어둔 것처럼. 기억에서 지워져 이런 게 있었나 싶은
것들도 눈으로 훤히 재고를 파악할 수 있게 되자 못 쓰는 물
건도 거의 없어졌다. 더 이상 파스타를 먹기 위해 애쓸 필요
가 없었다. 의지를 다질 필요도 없었다. 그것은 선택과 활동
에 자유를 주었고 여유와 취향을 배부르게 해줬다.

그렇다면 제사는? 1년에 몇 번씩 돌아오니까 그것도 일상
이라면 일상이라고 해야 할까?

유방암 커뮤니티에서 알게 된 언니들과 한 달에 한 번 차
마시는 시간을 가졌었다. 그중엔 늘 큼지막한 루비 반지를 하
고 다니던 루비 언니가 있었다. 어느 날, 차를 마신 지 30분
만에 벌써 '그날'이라며 언니가 일어날 준비를 했다. 1년에 여
섯 번의 제사가 있는데 하필 우리가 만난 날이 그날이었다.
그날이 많기도 하지… 아흔에 가까운 시어머니의 단 하나의
소원. 만두처럼 주름 잡힌 입으로 힘주어 고집부리는 단 하
나, 바로 정성스러운 제사라고 했다.

루비 언니는 폐에 암이 전이된 후 약한 강도의 항암을 지
속해서 받고 있었다. 멀쩡해 보이지만 체력이 많이 떨어져 있
을 게 뻔했다. 나는 언니가 걱정됐다. 같이 차를 마시던 다른
언니들은 죽은 사람 제사상 치르다가 네 초상 치르게 된다
고, 네 남편, 네가 죽어야 그제야 정신 차리지, 하며 루비 언
니의 남편을 향해 불을 뿜어댔다.

다들 펄쩍 뛰었지만 루비 언니만 침착했다. 만두 할머니의
지갑에서 남편의 사업 자금이 두둑하게 나오는데 시어머니
의 요구를 모른 척할 수 없다고 했다. 더구나 착한 남편은 앞
으로 어머님이 얼마나 더 사시겠냐며, 고작 제사 하나 바라
시는데 그것 한 가지만 신경 써달라 부탁했다고 했다. 그러니

기꺼이 해줘야 하지 않겠냐고 우리를 설득하고 있었다. 루비 언니의 이야기를 들으면서 '고작'과 '한 가지'와 '기꺼이'라는 부사가 까끌까끌한 모래알처럼 머릿속에서 부대꼈다.

그래, 정말 '고작'일 수도 있지 않나? 루비 언니에게는 요리가 쉽거나 재밌는 영역일지도 모른다. 하고 나면 보람을 느낄 수도 있다. 3단 화구에 냄비며 프라이팬이 동시에 돌아가고 앞치마를 두른 루비 언니가 타악기 연주하듯 탕탕탕 칼로 도마를 빠르게 두드리는 모습을 그려보았다. 고명으로 쓰일 실고추와 계란 지단이 탁탁, 착착 초 단위로 세팅되고, 손가락이 물 흐르듯 나물을 다듬고 씻고 조물조물 무쳐내는 일 사불란한 장면은 상상으로는 경쾌했다. 그렇다면 제사 말고 다른 일을 줄이면 된다. 그래서 언니에게 물었다. 다른 신경 쓰이는 일은 없는지…?

루비 언니가 풍선껌을 불다 그대로 터져 얼굴에 눌어붙은 표정으로 나를 바라봤다. 나는 고작 차례 때 전 부치는 걸로 엄마랑 싸운 일을 고백을 했다. 갑자기 나의 시위가 '고작'과 한 쌍의 단어처럼 착 붙어 잘 어울리는 상황이 되자 부끄러운 기분이 들었다. 그러자 루비 언니는 친정에서는 물도 안 떠먹는다며 배시시 웃었다. 우린 동시에 한숨을 내쉬었다. 고개가 떨구어지자 루비 언니의 손이 눈에 들어왔다. 루비 반지가 제자리에서 왼쪽으로 한 칸 밀려나 가운뎃손가락에는 반지 자국이 하얗게 남아 있었다.

"힘들면 다른 방법을 찾아보자. 뭐야, 손가락은 왜 이렇게 부었어."

나는 언니가 마음을 바꾸길 바랐다. 언니도 시도해보지 않은 건 아니라고 했다. 언젠가 제사를 치르고 너무 힘들어서 낮에 잠깐 누웠는데 그대로 밤이 되었다고 했다. 퇴근해서 와 있던 남편에게 손, 발이 퉁퉁 부어 바람 넣은 고무장갑처럼 된 손을 내밀었는데 착한 남편은 "푹 자야겠네, 며칠 좀 쉬어"라고 말하고 라면을 끓여 먹었다고 한다. 피곤함에 절어서 납작해진 몸을 소파에 구겨 넣어 잠든 루비 언니에게 담요를 덮어주는 착한 남편은 어떤 생각을 했을까. 언니에게 담요를 덮어준 것도, 며칠 쉬라는 것도, 혼자 라면을 끓여 먹은 것도 그로서는 배려였겠지.

"나 이제 못 할 것 같아. 멀쩡해 보여도 몸이 예전 같지 않거든."

이 쉬운 말을 덧붙이지 못한 이유가 있었을 것이다. 미련한 곰을 기대하는 그 분위기를 잘 안다. 여자가 곰에서 여우까지 그때그때 필요한 얼굴이 되기를 바라는 걸 너무 잘 아니까. 침착하기 위해 많은 것을 포기하고 체념할 수밖에 없었던 루비 언니를 더 붙잡을 수 없었다. 루비 언니에게서 나의 모습이 겹쳐 보였다. 어쩌면 우리는 서로의 얼굴에서 자기의 모습을 숱하게 발견하고 있는지도 모른다.

　내 삶에 숨통을 틔우는 데 집중하기로 했다. 테트리스처럼 꼭 맞게 채워야 굴러가는 '여자의 일'에서 손을 떼기로 한다. 빈틈없는 생활 대신 자유로운 재즈 같은 삶만 허락하기로 한다. 고작 그렇게 꿈틀대기 위해 얼마나 발악했던가. 이런 다짐을 하기까지 한 오백 년이 걸렸다고 한다.

바퀴의 균형

삼십 대 초반에 암에 걸린 나에게는 충고, 조언, 평가, 판단이 쉽게 선을 넘어오곤 했었다. 내가 '정상'이 아닌 것처럼 느껴졌다. 정상이란 대체 뭘까?

우리 동네에는 연우라는 특별한 아이가 살고 있다. 왜 특별하냐면 안녕하고 인사하면 공룡 이름을 대면서 인사하는 연우만의 인사법이 있기 때문이다. 처음엔 아들이 또봇에 빠졌을 때 또봇 이름을 주야장천 말하고 다녀서 연우도 그러려니 했다. 연우의 독특한 인사에 나도 알지, 알지, 하면서 트리케라톱스! 하면 연우는 나를 이상한 사람이라는 듯 쳐다봤다. 연우가 하려던 말을 가로챈 건가? 미안하다, 몰랐다. 그렇지만 연우는 고맙게도 첫인상의 나쁜 기억을 잊고 엘리베이터에서 나를 만나면 곧잘 인사를 나눠주었다.

연우가 다니는 특수학교는 등교 시간이 일반 학교보다 훨씬 빨랐다. 아침에 엘리베이터에서 연우를 만났다는 건 지각했다는 의미였다. 그런 날은 대체로 컨디션이 좋아 보이지 않았다. 제 엄마에게 한껏 기대며 안 가겠다고 떼를 쓰기도 하고, 어느 날은 유모차를 끌고 나와 타겠다고 버티기도 했다. 아들이 초등학교에 입학하고 일주일쯤 지나서였다. 등굣길에 마침 생각났다는 듯 물었다. "연우는 왜 우리 학교 안 다녀?" 그리곤 오늘부턴 혼자 가겠다며 횡단보도를 건너 쪼르르 걸어갔다. 학교에 가는 아이의 뒷모습을 보면서 순간 이상한 느낌이 들었다. 그러게. 이렇게 코앞에 학교가 있는데 연우는 멀리도 가네.

그렇게 몇 년이 지났을까. 연우는 그가 다니는 학교 가까운 곳으로 이사를 갔다. 이사 소식을 들은 날, 한 장면이 떠올랐다. 국민학교에 다닐 때, 몸을 자유자재로 꺾는 친구가 반에 있었다. 그러면 우리가 와! 하고 탄성을 지르곤 했는데 그때마다 일부 아이들이 "병신이다, 병신! 야, 너 진짜 병신 같아" 하면서 킥킥거리던 광기 어린 모습들이 떠올랐다.

신체적 외형으로 장애가 두드러지게 나타나는 누군가가 지나가면 아이들은 빤히 그 모습을 쳐다본다. 그러면 옆에 있는 부모는 그렇게 빤히 쳐다보는 거 아니야, 하면서 아이들의 시선을 돌려준다. 그리고 이렇게 덧붙인다. "장애인을 무시하면 안 돼" 친절도 가르친다. 지하철이나 버스에서는 몸이 불편한 사람에게 자리를 양보해야 한다고. 근데 그게 전부다.

어릴 적부터 '정상'의 세계에서 자란 우리에게 나도 모르는 사이에 '정상인 감수성'이 만들어진 건 아닐까 싶었다. 정상인 감수성은 신체적, 정신적으로 약한 모든 사람을 예외의 경우로 본다. 정상인 감수성에서 나 역시 자유롭지 못했다. 암 자체가 주는 고통보다 그 때문에 신체 일부를 잃을까 봐 겁을 먹었고, 머리카락이 빠지고 달라진 내 외모를 받아들이기 힘들었다. 장애인에 대한 시선을 신체에 대한 결함을 가진 자가 아니라 그럴 수도 있어, 그렇게 바라보기란 정말 어려운 일일까?

특수학교 교사로 일하는 지인에게 우리나라의 특수학교는 왜 대부분 외곽에 있는지 물은 적이 있었다. 그는 정말 모르는 거냐고 물었다. 그러면서 장애인의 천국이라는 캐나다의 이야기를 들려줬다. 그렇다면 또 묻지 않을 수 없었다. 우리나라는 어째서 그렇게 못 하는 걸까?

예산? 여기저기서 예산이라는 답이 들린다. 그 나라는 잘 사니까. 부유해서 그런 게 가능하다고 말할지도 모르겠다. 동의한다. 너그러워지는 마음까지도 예산이 미치는 영향이 있는지 모르겠지만, 휠체어나 목발을 짚고 횡단보도를 건너는 동안 빨간불로 바뀌어도 빵빵거리지 않고 기다릴 수 있는 여유는? 그것도 예산 효과라고 해야 할까. 아무튼 배려심과 복지가 같은 크기의 바퀴로 굴러가는 그 나라가 진심으로 부럽다.

우리는? 그 바퀴의 균형을 맞추려면 아직 멀기만 한 걸까? 아이를 선한 성인으로 키워내기 위해서 말로만 가르치면 될까? 연령대별로 장애인 복지가 체계적으로 마련된 캐나다를 한꺼번에 따라가긴 어려울 수도 있다. 그렇다고 우리가 할 수 있는 게 전혀 없는 것도 아닐 것이다. 아파트 안내문을 붙여두는 곳에 장애인을 위한 게시판을 부착해서 언제든 불편사항이나 아이디어를 모아서 반영하고, 교과서에 장애인과 비장애인이 고루 나오도록 하는 것은 당장이라도 할 수 있는 일이다.

우리에겐 홍익인간 이념이 있다. 널리 인간을 이롭게 한다는 그 정신 말이다. 이제 나와 옆을 돌아봤으면 좋겠다. 누구나 인간답게 살아갈 수 있는 '정상'적인 세상을 꿈꾸며!

도돌이표

가끔 이런 말을 듣는다. 아픈 사람을 지켜보는 가족의 마음이 어떨 것 같으냐고. 그 말이 커다란 밀가루 반죽처럼 한순간 마음에 쿵 하고 들러붙었다.

기억과 경험 속에 아픈 사람은 늘 가해자였다.

엄마는 친할머니가 입원해 계실 때 매일 도시락을 싸서 날랐고 할머니의 대소변 처리를 하셨다. 아빠가 중환자실을 들락거렸을 때도 그 곁엔 항상 엄마가 있었다. 아빠나 할머니가 퇴원하고 올 때를 돌이켜보면 엄마의 얼굴엔 늘 피곤이 더덕더덕 붙어 있었다. 엄마의 보살핌을 받은 얼굴들은 다소 수척해졌어도 회복의 기운이 알알이 박혀 있었다. 나는 살아돌아온 아빠가 반가워 아빠 품에 달려가 안기면서도, 엄마가 어떤 고생을 했는지 헤아리기엔 너무 어렸다. 오히려 엄마가 묶어주지 못한 머리를 혼자 묶느라 얼마나 팔이 아팠는지 어리광을 부렸다. 여덟 살의 내가 스스로 학교에 간 것만으로도 칭찬받길 원했고, 엄마가 다시 맛있는 반찬을 잔뜩 해주기만 기다렸다. 엄마가 돌아오면 집 안에 윤기가 돌고 부엌에는 맛있는 냄새가 가득 찼다. 그게 당연한 건 줄 알았다.

고등학생이 된 후 엄마는 아파도 제대로 쉬지 못한다는 걸 알게 되었고 불쑥불쑥 화가 치밀었다. 할머니나 아빠 모두 엄마를 괴롭히는 가해자로밖에 안 보였다. 그렇다고 엄마를 위해 특별히 한 건 없었다. 엄마는 남편과 자식들로부터 소모당하면서 나이를 먹어갔다.

아픈 몸으로 엄마 집에 머무는 동안 마음이 복잡했다. 밥 차릴 때 숟가락 하나 더 올리는 정도의 민폐만 끼치고 싶었다. 남는 시간에 병원에 동행해주거나 아니면 택시를 불러주는 정도의 수고로움만 기대고 싶었다. 친절하지만 넘치지도 모자라지도 않은 호텔 서비스처럼.

방사선 치료에 막 들어설 때였다. 장마에 태풍까지 겹쳐 며칠째 비가 그칠 줄 몰랐다. 비가 거세게 퍼부으며 베란다 유리 창문이 세차 중인 자동차처럼 흔들리고 있었다. 그때, 오빠가 비에 젖은 옷을 털며 들어왔다. 나를 병원에 데려다

주려고 반찬을 내고 왔다는 말을 듣는 순간, 제어력을 상실하고 말았다.

"내가 언제 태워달라고 했어? 필요하면 말했겠지!" 목소리가 변성기 오리처럼 갈라지고 있었다. 그 길로 대충 짐을 싸들고 내 집으로 갔다. 그동안 보이지 않게 팽팽했던 신경전이 오리의 비명으로 툭 끊어진 순간이었다. 왜 이렇게 못되게 굴까. 운전하고 가면서 쏟아지는 비만큼 펑펑 울었다.

죄책감과 미안함과 복잡한 감정이 수시로 올라왔다. 마치 병을 얻고 생긴 알레르기처럼 상대가 누구든 간에 가리지 않고 나타났다. 당연하지. 이런 고민을 호소하면 누구나 어쩔 수 없다는 반응이 돌아왔다. "어쩌겠어…" 그런 자리는 긴 한숨으로 끝나곤 했다.

집안에 먹구름을 잔뜩 몰고 온 나는 그때의 장마처럼 집안에 밝은 기운을 모조리 몰아내고 눅눅하고 쿰쿰한 기운만 내뿜는 것 같았다. '이 익숙한 느낌은 뭐지?' 어릴 때로 돌아가, 할머니와 아빠가 아팠던 시간들이 떠올랐다. 그때도 이런 분위기가 가득했었다. 엄마는 달콤한 카스텔라를 구워주고 포근한 품도 많이 내어주셨는데 할머니와 아빠의 투병은 옷에 남은 얼룩처럼 엄마와의 추억을 칙칙하게 망쳐놨다.

사랑의 바이러스라면 모를까. 가족을 해치는 가해자가 되긴 싫었다. 우린 도돌이표처럼 또다시 이런 상황을 마주해야만 하는 걸까?

얼마 전, 시어머니는 남편에게 "수달이에게 잘해라"라고 말씀하셨다. 뜬금없지만 결혼 18년 만에 처음 듣는 호의적인 말씀에, 이게 웬일인가 싶어 막 감동이 차오르려고 했다.

"나중에 너 늙어서 돌봐줄 사람은 수달이밖에 없다"

쨍그랑. 그럼 그렇지.

"어머님. 내 남편 누구보다 제가 챙기고 싶은데요. 그러라 하시니까 도망가고 싶어지네요. 하하하."

"쟤, 뭐 잘못 먹은 거 아니니" 하고 바라보시는 시어머니께 씨익 웃어보였다.

생각해보자. 이 도돌이표를 끝내지 않는다면 우리는 가해자가 되지 않을 재간이 없다. 게다가 나처럼 돌봄을 맡아오다가 돌봄을 받게 되는 여성의 경우 그 부담감은 더할 수도 있다.

조기현 작가의 《새파란 돌봄》에는 '돌봄을 받는 사람과 돌봄을 주는 사람 모두 동일한 사람이다'라는 구절이 나온다. 우리가 '인간'으로 태어난 이상 누구나 돌봄을 거치지 않을 수 없다는 말이다. 우리는 사실 누구나 책에 나온 대로 '돌봄 수혜자'라는 것을 망각했고 그래서 돌봄에 관한 불평등은 해소되지 않고 있다. 여성은 물론, 누구나 돌봄의 역할을 맡을 수 있다는 것을 기억해야 한다. 그것을 막는 불평등

을 하나씩 소거해나가면서. 가족 내에서 수건 돌리기처럼,
특히 이것은 여성이 해결할 일이 아니라 사회에서 풀어야 할
공공의 문제라는 것을 꼭 기억하면서….

다양한 목소리

"선생님의 투병기를 우연히 보게 되었습니다. 힘드실 텐데 유쾌하게 이겨 나가시는 모습이 인상적이었습니다. 선생님의 이야기를 더 듣고 싶습니다. 모 방송 작가 이@@. 연락처 011-3○○○"

한때 나의 암 치료 과정을 블로그에 올렸었다. '살아내자. 할 수 있다' 마음먹고 만든 블로그에는 희망이 넘쳐났다. 머리를 밀었던 순간이나 방사선 치료를 하면서 검게 그을린 유륜을 말할 때도 활짝 웃고 있는 사람처럼 남겼다. 매주 한 번씩, 1년 동안 허셉틴 주사를 맞으러 가는 이야기는 나들이 중인 사람처럼 발랄한 느낌으로 썼다. 열여섯 번 내리 카레를 먹은 아이의 이야기는 숟가락을 향해 입을 크게 벌리고 있는 모습과 도토리를 입 안 가득 물고 다람쥐처럼 빵빵해진 양 볼을 찍어 올린 사진의 조합 때문에 귀여워 보이기도 했다. 거기에 내 단발 가발을 머리에 얹은 응삼이가 된 남편까지 있었으니 누가 봐도 명랑 투병기였다. '쫑맘 파이팅' '쫑맘 멋져요' '쫑맘 최고' '쫑맘 보고 힘을 내요' 그런 댓글이 주르르 달렸다. 어느 날 쪽지함에 'n' 표시가 떴다. 모 방송 작가라고 밝힌 누군가가 인터뷰를 요청하는 쪽지를 내게 보내왔다.

"인터뷰에 응할 수 없습니다"라고 짧게 회신한 뒤 블로그를 비공개로 돌렸다.

당시 나는 내가 암에 걸렸다는 걸 숨기고만 싶었다. 아이 귀에 들어갈까 봐 조심스러운 것도 있었지만 또 다른 이유는 주홍글씨가 새겨질 것 같았다. '건강'도 스펙으로 여겨지던 때였다. 조한진희 작가가 제시한 '질병권' 개념도 없었다. 대개의 질병이 그렇지만 암 환자에 대한 시선 역시 편견이 심했다. 어떻게 살았길래…. 특히 여성암에 대해서는 문란한 성생활이 원인이 된 건 아닌지 의심하는 사람도 많이 있었다.

암 환자를 인터뷰한 기사나 티브이를 찾아봤다. 공통적으로 나오는 이야기는 '웃으며' 지내더란 내용이었다. 물론 웃는 건 중요하다. 어느 상황에서나 웃는 자가 승자이다. 나 역시 스스로도 웃기는 사람이 되고 싶고, 유머만큼 뛰어난 센스는 없다고 생각하지만 그게 전부는 아니다. 암 환자의 '웃는 얼굴'을 강조한 인터뷰는 희망을 북돋는 게 아니라 희망을 꺾을 때도 많았다.

웃어! 웃어! 웃으라고! 대체 웃고 싶지 않은 사람이 누가 있을까. 울고만 싶은 사람이 어디 있을까. 웃기만 하는 건 마치 케이크에서 썩은 부분은 도려내고 성한 부분만 도려낸 조각 케이크를 올려 놓고 그게 전체인 줄 착각하는 것과 같다.

블로그에 칙칙한 하루하루를 있는 그대로 다 올렸다면 그런 쪽지가 왔을까. 코믹하고 밝은 이야기만 올린 건 나 아니냐고? 블로그는 찰나의 포착이다. 사진 찍는 것처럼 순간 반짝 거리는 순간을 남겨놓고 싶었던 마음이 언제나 괜찮다는 포장을 하고 있었는지도 모르겠다. '인스타에는 절망이 없다'는 말처럼 나는 편집된 기록만 하고 있었다. 그 상태에서 인터뷰에 응했다면 방송에서 원하는 이미지 메이킹을 그대로 따라야만 했을 것이다.

다양한 상황에 놓인 사람의 목소리를 듣고 싶다. 성공한 사람의 스토리에서 배울 점을 발견한다면, 삶의 지평을 더 열어주는 건 평범하거나 사회 약자라 불리는 소수자들이 들려주는 이야기인 것 같다. 드라마 〈우리들의 블루스〉에 나오는 영옥과 그의 연인 정준은 영옥의 다운증후군 동생, 영희를 만난 자리에서 이렇게 말한다. "장애가 있는 사람을 볼 때 어떻게 해야 할지 학교, 집 어디에서도 배운 적이 없어요. 그래서 그랬어요. 다시는 그런 일 없어요"라고 말이다. 정말 그렇다. 장애인을 존중하라고 이론으로 배우고 머리로는 생각하지만 막상 닥치면 어떻게 해야 할지 잘 모른다. 나도 마찬가지다. 학교에서 배우길 원하고 더 많은 장애인과 비장애인이 함께하는 자리가 많아지길 바라지만 그때만을 기다리는 건, 또 너무 많은 시간이 필요할 것만 같다.

그렇게 되기까지의 행간을 인터뷰가 이어줄 수 있을지 모른다. 장애인이 등장하는 드라마나 영화가 있지만, 거기서 우리가 마주하는 건 연출된 장애인이다.

훌륭한 인터뷰어가 만든 장애인과 비장애인의 인터뷰에는 당사자들이 직접 등장한다. 그들의 '공동 작업', '내밀한 대화'는 우리를 그 자리에 함께 끼워주는 것만 같다.

이슬아 작가는 그런 이들을 찾아 인터뷰를 한다. 인터뷰의 내용은 시각장애인도 들을 수 있도록 녹음 파일도 함께 올라온다. 그들의 인터뷰를 보면 장애인과 비장애인이 만나 서로 어떤 노력을 기울이면서 대화할 수 있는지 알 수 있다. 나는 이슬아 작가의 사려 깊은 인터뷰를 보면서 새끼손톱만큼의 무지를 잘라낸다.

한결같지 않기로

돌봄을 사회의 공공의 문제로 풀기 전에, 일단 내가 이룬 가족 내에서 풀어야 할 숙제가 있었다. 가정은 내가 속한 기본적인 공동체니까 말이다.

엄마로서, 아내로서, 며느리로서 생각해온 나의 '투두 리스트'가 변하면서 과거, 현재를 오가며 남편의 행동에 문제가 있었음을, 아주 많았음을 새삼 느꼈다. 이제 와서 그의 잘잘못에 대한 책임을 따져 묻겠다는 게 아니다. 어쩌면 앞으로 더 긴 시간을 함께 살아가야 할 우리다. 그가 가장 최후까지 나와 함께 할 동거인이라면 이 정도의 의리쯤은 남는 사이가 되어야 하지 않을까 싶었다. 사노 요코의《사는 게 뭐라고》에 사노 요코의 친구 노노코 부부처럼 말이다.

언젠가 노노코에게 왜 그리 못되게 구느냐고 물어본 적이 있다. 노노코는 이렇게 대답했다.

"내가 잘못해서 병에 걸린 게 아니잖아. 내가 못된 게 아니라, 병이 못된 거야."

자식들에게도 며느리에게도 전혀 기대지 않는다. 의지가 안 되는 자식들이 아닌데도.

"그 애들한테는 각자의 생활이 있으니까. 나는 페페오가 책임지는 게 당연하잖아."

라고 말한다. 이렇게 당당한 장애인은 노노코 말고 없다.

못되게 굴자는 말이 아니다. 남편이 아플 때 그의 몸을 보살피는 걸 내가 개의치 않았으면 좋겠다는 거다. 나 역시, 그가 그렇게 해주면 좋겠다. 둘 다 이제 늙어갈 일만 남았다. 늙고 병드는 일에 놀랄 것도 없는 나이가 되어가니까.

그의 돌봄 능력은 바닥이었다. 아이가 세 살 때, 내가 지독한 몸살에 걸렸을 때였나 보다. 아기를 돌보고 재우라는 지령을 받은 그는 걱정하지 말라며 얼른 자라고 했다. 그런데 새벽에 화장실에 가려고 나왔다가 거실 바닥에 굴러다니는 미니카를 밟고 그대로 같이 굴러갈 뻔했다. 찌릿한 통증에 짜증이 확 올라왔다. 그러기엔 일렀다. 내 눈앞에 펼쳐진 광경은 뒷목을 잡기에 충분했으니까. 아이와 남편은 거실 바닥에 그대로 누워 자고 있었고, 장난감이며 과자봉지가 여기저기 흩어져 있었다. 컴컴한 거실에 뽀로로만이 환한 불빛 속에서 신나게 놀고 있었다. 한두 편 보여주고 끄기로 해놓고서 잠들 때까지 틀어놓은 모양이다. 애를 보라고 했더니 뽀로로를 불러?!

아이가 자라는 동안 그의 '아빠력'은 별반 달라지지 않았다. 아이를 봐! 하면, 아이를 옆에 두고 티브이를 봤다. 남편은 자신이 '서브 육아' 정도만 해도 훌륭하다고 생각하는 것 같았다.

아이가 네 살이 되던 해, 나는 어느 회사에 재취업해 한창 교육을 받느라 정신이 없었다. 그러던 중 냉장고에 늘 마시던 보리차가 비어 있자 그가 눈 동그랗게 뜨고 했던 말을 아직도 잊을 수 없다.

"이래서 어디 일하겠어?"

그는 저 한마디를 시작으로 '엄마', '아내'의 역할을 충분히 할 수 있을 때 '일하는 여자'로서 도전하든 말든 하라고 했다. 협조는커녕 내가 육아와 살림은 물론이고 회사 일까지 잘 적응하는지 큰 눈을 가늘고 길게 만들어 예리하게 관찰했다. 대체 무슨 논리로 저렇게 뻔뻔할 수 있을까? 애덤 스미스처럼 본인은 '경제적 인간'이니 손수 보리차를 끓일 수 없다는 건가? 그가 내뱉는 단어 하나하나는 애덤 스미스의 논리를 따르고 있었다. 어라, 가만 보니 얼굴도 비슷하네!

그러다 내가 유방암 진단을 받게 되었다. 그는 '가장'의 역할 안에서 이 상황을 해결할 방도를 찾았다. 해외 근무를 포기하거나 휴직을 고려하지 않았고 휴가 중에도 아픈 아내를 살뜰히 챙기는 법을 몰랐다. 오히려 아픈 아내를 둔 그를 사람들은 더 염려했다.

아이가 일곱 살 때쯤이었을까? 내가 아파서 누워 있을 때 방문을 열어 내 안부를 확인하는 것은 남편이 아닌 아이였다. 아이는 바가지에 물을 받아 수건을 담가놓고 조심조심 들고 왔다. 조심한 발걸음에 비해 손은 어찌나 빠른지, 뚝뚝 물이 흐르는 수건을 그대로 내 이마에 척 올려두었다. 그래도 어른인 남편의 돌봄보다 배려가 깊다는 생각이 들었다. 아이는 그렇게 성장했지만 남편의 성장은 더디기만 했다.

그런 그도 조금씩 변하기 시작했다. 월경통으로 누워 있을 때 "찜질팩 갖다 줄까?" 하고 내게 묻기 시작했다. 내가 아프면 방문을 열지 않는 게 최선인 줄만 알았던 그가 언젠가부터 나의 식사도 챙기기 시작했다. 무엇보다 가장 큰 변화는 내가 '페미니즘'에 관한 이야기를 할 때 귀 기울이기 시작했다는 것이다. 애덤 스미스, 아니 남편은 내가 숱하게 차려낸 밥상의 의미를 이제는 안다. 그가 입사한 지 20년 차가 된 올해, 서로의 노력을 함께 치하하기로 했다.

나 역시 그가 죽도록 일할 수밖에 없었던 이유를 이제는
안다. 일에 중독되지 않고는 살아남기 어려운 생태계에서 살
아남아주어서 고맙다. (실제 생존을 말하는 거다)

나도, 남편도 한결같지 않아서 다행이다. 앞으로도 계속
이렇게 변화무쌍하게 살아갈 작정이다.

에필로그

하루하루 주인으로 살 수 있도록

회복에 몰두한 시간이 있었습니다. 하루 일과 중엔 건강 프로를 빼놓지 않고 보는 시간도 있었어요. 그날은 어떤 의사가 암에 좋다는 식이요법을 설명하고 있었습니다. 매끼 일곱 가지 색깔의 과일과 채소를 뷔페 접시 크기만 한 그릇에 담아 먹으라고 하네요. 소량의 생선찜과 닭고기, 견과류도 빼놓지 말라고 했던 것 같습니다. 그 모든 것들은 당연히 유기농이어야 하고요. 공기 좋은 곳에서 사는 것도 중요하다고 강조합니다. 그러면서 황토로 지은 그의 지방 별채를 보여줬습니다. 일정이 없는 날엔 그곳에서 쉰다면서요.

그만큼 돈과 시간을 투자할 수 있는 사람이 얼마나 될지 모르겠습니다. 그래서 서울, 특정구의 수명이 훨씬 높은 건지도 모르겠네요.

당시엔 그런 생각을 할 여유가 없었습니다. 전부 유기농으로는 못 사도 최대한 많은 과일과 채소를 먹으려고 했고 별장은 없지만 가까운 산에라도 가려고 했죠. 그런데 만약 제가 투병 중에도 일을 해야 하거나 아이가 너무 어려 한시도 떨어져 있기 어려운 상황이었다면 어땠을까요?

헐레벌떡 완치를 향해 달려간 시간은 숨 가쁘게 지나갔습니다. 운 좋게도 신체의 회복을 얻었습니다. 대게 아픈 시간을 통과한 사람들은 다르게 살겠다는 다짐을 합니다. 버킷리스트를 써 내려가고 그것들을 하나씩 실천해가는 재미도 느껴봅니다. 저도 77가지의 버킷리스트를 적었어요. 얼마 전, 그때 적었던 버킷리스트를 펼쳐보았어요. 꽤 많이 이루었더라고요. 남겨진 것들 중엔 이걸 왜 적었지 싶은 게 보여서 의아하기도 했습니다. 다르게 산다는 걸 그땐 이렇게 해석했나봅니다. 해보지 않은 걸 경험하거나 유행처럼 남들이 하는 걸 해보는 걸로요. 하지만 버킷리스트는 소풍 같은 것이지 제 인생을 담은 건 아니더라고요.

결국 다르게 산다는 건 인생에 이벤트를 많이 끼워 넣는다거나, 통째로 삶을 전복시키는 드라마틱한 변화가 아니라 '내게 주어진 하루하루를 주인으로 살 수 있는가'이더라고요.

그러려면 아내로서, 며느리로서, 엄마로서 거기다 아픈 경

험을 가진 개인으로서 부대끼는 감정을 해소해야 했어요. 그
때 같이 책을 읽고 글을 썼던 친구들 덕분에 페미니즘을 접
하게 됐습니다. 질병과 여성과 페미니즘? 각기 따로 놀던 개
념들이 철컥철컥 연결되며 조금씩 이해가 되었어요. 어째서
지? 이유는 간단했어요. 우리는 사회적 동물이니까요. 하나
의 문제가 한 가지 원인에서 생기는 일은 매우 드물어요. 하
나씩 연결고리를 이어가보니, 지금까지의 건강 이슈는 잘 포
장된 질소 과자 같았습니다. 그럴싸하게 그리고 매우 크게
부풀려져 있더라고요.

평. 봉투를 터뜨려 보니 우르르 쏟아져 나오는 것들이 많
았습니다.

'건강', '감사', '자기관리' 등에 가려진 편견, 불평등, 돌봄에
관한 여러 문제들이요. 만약에 그런 문제들이 많이 해결된
상태라면 어떻게 바뀌게 될까요?

저의 경우를 대입해서 상상해보았어요. 우선, 남편은 거리
낌 없이 휴직을 하고 저를 돌봤을 거예요. 뭐, 죽이 되던 밥이
되던 상관없지요. 아이의 하교 후, 돌봄을 맡길 만한 기관도
있었을 거예요. 저 역시 제가 준비되었다고 생각할 때 주저
없이 일을 할 수 있었겠죠. 제 체력과 시간에 맞는 일을 했을
것 같아요. 무엇보다 가족과 누구에게도 죄책감을 갖지 않
고, 제 몸에 대한 어떤 가치 판단도 받지 않았겠죠. 잘못된

몸은 없으니까요. 낫기 위해 충분히 쉬면서 제 삶의 주도권이 제게 있는 것. 딱 그 정도면 바랄 게 없겠어요.

누군가는 병원 동행을 원할 거예요. 적극적인 간병이나 경제적 지원이 필요한 경우도 있을 거예요. 각자 필요한 게 다르겠죠. 하지만 모아 보면 모두에게 적절한 시스템을 만들 수 있을 거라고 생각해요.

"내게 일어난 문제를 풀어갈 힘(사람이든 돈이든 무엇이든)이 있어. 그래서 다행이야"라며 멈추지 않았으면 좋겠어요. 타인의 불행을 그들만의 문제라고 생각한다면, 글쎄요? 영화 〈돈룩업〉에 딱 그런 정치인들이 나오잖아요. 지구가 둥근 건 서로 손잡고 씩씩하게 같이 잘 살아가라는 신의 은유가 아닐까 해요. 그게 아니라면 피라미드처럼 만들어져서 살 만한 사람만 살아남아 봐, 그렇게 만들어졌을 것 같아요.

이 글을 마무리할 때 즈음, 고등학생이 된 아들에게 제가 암이었다는 사실을 고백했습니다. 우리는 잠시 부둥켜 안고 울었습니다만, 네, 거기까지입니다. 엄마가 아팠다는 사실에 아이가 어떤 부담감을 느끼지 않길 바랐습니다. 제가 느끼고 깨달은 것들을 한꺼번에 전해주고 싶은 마음도 누릅니다.

아이는 저와 별개로 아이의 인생을 맘껏 고민하고, 원하는 삶을 향해 나아갈 권리가 있으니까요. 아이에게 해줄 말은 예나 지금이나 앞으로도 오직 하나, 사랑한다는 말입니다. 그건 앞, 뒤, 옆 꽉꽉 채운 크림빵처럼 진실이거든요!

글을 쓰면서 현재 투병 중이신 분들을 생각하지 않을 수 없었습니다. 재작년 소중한 지인을 떠나보낸 제 마음 한구석에는 여전히 무거움이 자리 잡고 있습니다. 제 부족한 글의 어떤 지점이 날카로운 돌멩이가 되어 이 글을 읽으시는 분들의 마음에 상처를 남기진 않을까 두렵습니다. 뾰족한 부분을 사포질해서 둥글게 전할 수 있는 능력이 많이 부족합니다. '삶과 죽음' 역시 연결되어 있다고 믿는 저는 일단, 삶에서 엉켜버린 문제들을 외면할 수 없었습니다.

다르게 살아야지. 그 말은 후회 없이 살겠다는 각오였습니다. 밥그릇 싹싹 긁어 한 숟갈 정도의 후회만 남겨놓고 죽고 싶다는 바람이었습니다. 그 바람이 저뿐만 아닌 누구나 그렇게 살다가 별처럼 흩어지면 좋겠다고 커져버렸습니다. 훌륭한 사람의 주옥같은 이론도 우리 삶에 당장 쓰이지 않는 걸 보면서 제가 쓴다고 달라지는 게 있을까 하는 무력감이 밀려올 때도 있었습니다.

더구나 보잘 것 없는 개인의 고백은 불발된 폭죽처럼 피웅하고 사라져버릴지도 모르니까요. 프롤로그에 썼듯이 이 글은 여러분들의 지혜가 모여 완성될 거라고 생각합니다. 누군가 단 한 사람이라도, "폭죽 안 터졌나 봐? 왜 터뜨린 거래?" 하는 작은 관심이라도 가져주시길 바랍니다. "아팠던 사람이 할 말이 있다나 봐" 그런 호기심을 갖고 "왜? 뭐가?"라는 질문이 생겨나기만 해도 성공입니다. 나비효과보다 작은 울림이겠지만 그 울림이 모여 우리 모두를 감싸줄 커다란 질문이 생기면 좋겠어요.

부족한 글인데도 필요한 이야기라며 손 잡아주신 느린서재 대표님께 감사드립니다.

이 책을 읽어주신 독자님들께, 감사합니다. 모두 언제, 어느 때고, 어느 상황에서고 늘 평화로우시길 바랍니다.

애쓰지 않아도 그런 세상이 되길 역시 바라봅니다.

그럼, 우리 더 많은 이야기를 나누어요!

2022년 가을, 수달

사랑하는 엄마에게

오랜만에 편지를 써.

편지를 쓰려고 생각해보니까 우리는 점점 더 친해지고 있는 거 같아.

내 기억 속에 엄마는 웃기기도 했지만, 화내는 모습은 정말 무섭기도 했거든. 엄마가 좋았지만 엄마가 꽤 엄한 엄마였다는 기억이 더 큰 것 같아.

그런데 어쩐지 나는 요즘 엄마한테 속마음을 편안하게 말할 수 있어서 좋아. 친구들이 엄마한테 비밀로 하는 게 얼마나 많은지 알아? 내 이야기를 다 들어줘서 고마워. 그리고 무엇이든 해보고 싶으면 해보라고 말해줘서 고마워.

이제는 엄마가 누구보다 가장 친한 친구인 것 같아. 언제나 내 편이라는 믿음이 생겨서 든든하고 좋아. 나도 언제나 엄마를 응원할게.

그런데 내가 어릴 때, 엄마가 머리카락을 다 밀어서 가발 썼을 때, 엄마가 항암 치료 때문에 그랬다는 거 정말 몰랐어. 그 시간을 잘 버텨내고 지금 내 곁에 있어줘서 고마워. 엄마가 글 쓴다고 노트북 붙잡고 앉아 있을 때 '김 작가님'이라고 놀리면서도 엄마의 새로운 모습을 보는 게 좋았어. 엄마가 말한 대로 엄마도 하고 싶은 것 마음껏 하면서 오늘을 후회 없이 살아. 나도 그래볼게.

엄마의 첫 책을 기대해. 그리고 축하해요.

오래오래 함께하고 싶으니까 건강도 잘 챙겨주세요!

사랑해 엄마.

-엄마의 하나뿐인 아들, 쫑 올림-

도움을 받은 책들

· 강화길 〈음복〉《2020 제11회 젊은 작가상 수상 작품집》문학동네

· 김보통 《아만자》예담

· 김설 《사생활들》꿈꾸는인생

· 다드래기 《혼자 입원했습니다》창비

· 수신지 《3그램》미메시스

· 안희제 《난치의 상상력》동녘

· 은유 《글쓰기의 최전선》메멘토

· 정세랑 《시선으로부터》문학동네

· 조기현 《새파란 돌봄》이매진

· 조한진희 《아파도 미안하지 않습니다》동녘

· 도브 엘바움, 이혜소 옮김 《미용실에 간 사자 루까》스쿨로드

· 리베카 솔닛, 김현우 옮김 《멀고도 가까운 -읽기, 쓰기, 고독, 연대에 대하여》반비

· 사노 요코, 이지수 옮김 《사는 게 뭐라고》마음산책

· 켄지 요시노, 김현경·한빛나 옮김 《커버링》민음사

· 이다혜 기자, 한겨레 칼럼 〈유방암을 경험하는 이들을 위한 눈물사원〉

· 조기현 작가, 한겨레 칼럼 〈아픈 몸의 노동권〉

· 〈실비아 페데리치는 이미 알고 있었다.〉

  [3·8 국제 여성의 날 특집 ②] : 여성을 어떻게 착취하는지 팬데믹이 보여줬다. 〈참세상
  기사〉

추천사

암 센터에 있을 때는 그래도 즐거웠다. 병실 동지들은 고난에 의연하고 여전히 생동 감이 있었다. 일상으로 돌아오면 한층 너그러워진 사람들의 시선이 다정하기도 했 지만 미묘한 이질감이 있었다. 다른 이의 투병 일기를 들여다볼 때 사람들이 기대 하는 바가 있다. 삶에 감사하며 한없이 '순해진' 인간의 각성. 나약한 인간이 살아 있음에 감사하고 천사가 되는 걸 기대한다. 비장애인들이 장애인을 묘사할 때 그들 을 '맑고 순수한 천사'로 함부로 만드는 것과 비슷하다. 냉정한 이야기지만 천사를 왜 항상 이승에서 찾느냐고 되묻는다. 그렇게 순하게 운명을 받아들이고 살 거였으 면 투병도 이렇게 대차게 할 필요가 없다. 살아남은 기쁨은 세속의 잣대로 새롭게 죄어온다. 미묘하게 너그러웠던 시선들은 흉터나 난임에 대한 고민으로, 나를 다시 병의 굴레로 들어가게 만든다. 목숨을 걸고 출산을 감행한 암 환자의 모성이 칭송 을 받고 가슴을 잃었다고 여성의 삶이 끝났다고 여기게 만드는 동정의 시선은 내 생명을 선택하고 즐겁게 살고자 하는 행복한 생존자의 마음을 불편하게 만들기도 한다.

아픈 사람이 다른 사람의 투병 일지를 찾는 이유는 병의 아픔을 성스러운 순교로 만들지 않은 이야기가 듣고 싶기 때문일 것이다. 날카롭고 예민해진 내가 정상인 지, 감사하지 않고 욕심 부리고 불만에 가득 차 이 생에서 득도하지 못한 내가 괜찮 은 건지 확인하고 싶다. 치료와 삶의 의지를 불태우게 하는 것은 기대와 다르게 운 명의 순종과 순수한 감성이 아니라 아픔과 욕망에 솔직하며 개성을 잃지 않은 병 실 동지들의 모습이었다.

삶을 함부로 안다고 이야기하지 않으며 가끔은 피곤하고 화도 나며, 그래도 재미있 게 살고 있다는 이야기를 이 책을 통해 함께 나누고 모두 마음껏 짜증 내고 기뻐하 고 사랑하자.

《혼자 입원했습니다》 다드래기

아직 슬퍼하긴 일러요

ⓒ 김수진 2022

초판 1쇄 인쇄 2022년 10월 20일
초판 1쇄 발행 2022년 10월 25일

지 은 이	김수진	펴 낸 곳	느린서재
펴 낸 이	최아영	출판등록	2021년 11월 22일 제2021-000049호
		전 화	031-431-8390
디 자 인	데일리루틴	팩 스	031-696-6081
인쇄제본	제이오	전자우편	calmdown.library@gmail.com
		인 스 타	calmdown_library

I S B N   979-11-978384-8-4 03810